共和国故事

为了前线

——全国蓬勃开展爱国增产节约运动

胡元斌 编写

吉林出版集团股份有限公司

图书在版编目（CIP）数据

为了前线：全国蓬勃开展爱国增产节约运动/胡元斌编. —

长春：吉林出版集团股份有限公司，2009.12

（共和国故事）

ISBN 978-7-5463-1735-9

Ⅰ．①为… Ⅱ．①胡… Ⅲ．①纪实文学－中国－当代 Ⅳ．①I25

中国版本图书馆 CIP 数据核字（2009）第 237353 号

为了前线——全国蓬勃开展爱国增产节约运动

WEILE QIANXIAN　　QUANGUO PENGBO KAIZHAN AIGUO ZENGCHAN JIEYUE YUNDONG

编写　胡元斌

责任编辑　祖航　李婷婷

出版发行　吉林出版集团股份有限公司

印刷　三河市嵩川印刷有限公司

版次　2010 年 1 月第 1 版　　　　2022 年 1 月第 10 次印刷

开本　710mm×1000mm　1/16　　　印张　8　字数　69 千

书号　ISBN 978-7-5463-1735-9　　　定价　29.80 元

社址　吉林省长春市福祉大路 5788 号

电话　0431－81629968

电子邮箱　tuzi8818@126.com

前　言

　　自 1949 年 10 月 1 日中华人民共和国成立至今,新中国已走过了 60 年的风雨历程。历史是一面镜子,我们可以从多视角、多侧面对其进行解读。然而有一点是可以肯定的,那就是,半个多世纪以来,在中国共产党的领导下,中国的政治、经济、军事、外交、文化、教育、科技、社会、民生等领域,都发生了深刻的变化,中国人民站起来了,中华民族已屹立于世界民族之林。

　　60 年是短暂的,但这 60 年带给中国的却是极不平凡的。60 年的神州大地经历了沧桑巨变。从开国大典到 60 年国庆盛典,从经济战线上的三大战役到经济总量居世界第三位,从对农业、手工业、资本主义工商业的三大改造到社会主义市场经济体制的基本确立,从宜将剩勇追穷寇到建立了强大的国防军,从废除一切不平等条约到独立自主的和平外交政策,从"双百"方针到体制改革后的文化事业欣欣向荣,从扫除文盲到实施科教兴国战略建设新型国家,从翻身解放到实现小康社会,凡此种种,中国人民在每个领域无不留下发展的足迹,写就不朽的诗篇。

　　60 年的时间在历史的长河中可谓沧海一粟。其间究竟发生了些什么,怎样发生的,过程怎样,结果如何,却非人人都清楚知道的。对此,亲身经历者或可鲜活如昨,但对后来者来说却可能只是一个概念,对某段历史的记忆影像或不存在,或是模糊的。基于此,为了让年轻人,特别是青少年永远铭记共和国这段不朽的历史,我们推出了这套《共和国故事》。

《共和国故事》虽为故事,但却与戏说无关,我们不过是想借助通俗、富于感染力的文字记录这段历史。在丛书的谋篇布局上,我们尽量选取各个时代具有代表性或深具普遍意义的若干事件加以叙述,使其能反映共和国发展的全景和脉络。为了使题目的设置不至于因大而空,我们着眼于每一重大历史事件的缘起、过程、结局、时间、地点、人物等,抓住点滴和些许小事,力求通透。

历史是复杂的,事态的发展因素也是多方面的。由于叙述者的视角、文化构成不同,对事件的认知或有不足,但这不会影响我们对整个历史事件的判断和思考,至于它能否清晰地表达出我们编辑这套书的本意,那只能交给读者去评判了。

这套丛书可谓是一部书写红色记忆的读物,它对于了解共和国的历史、中国共产党的英明领导和中国人民的伟大实践都是不可或缺的。同时,这套丛书又是一套普及性读物,既针对重点阅读人群,也适宜在全民中推广。相信它必将在我国开展的全民阅读活动中发挥大的作用,成为装备中小学图书馆、农家书屋、社区书屋、机关及企事业单位职工图书室、连队图书室等的重点选择对象。

编　者
2010 年 1 月

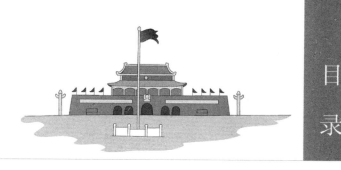

一、 中央决策

● 毛泽东语气坚定地说："战争必须胜利，物价不许波动，生产仍需发展。"

● 毛泽东指出："增加生产，厉行节约是中国人民今天的中心任务。"

毛泽东发出伟大号召

1951 年 10 月，中共中央在中南海怀仁堂召开政治局扩大会议。

中共中央主席毛泽东在会上做了重要讲话。毛泽东首先向各位委员通报了中国人民志愿军自 1950 年 10 月 19 日开赴朝鲜战场后，抗击美国侵略者的情况。

毛泽东认为：美帝国主义并不可怕，经过一年的英勇战斗，我志愿军在朝鲜人民军的配合下，已经将不可一世的所谓"联合国军"从鸭绿江边驱逐到"三八线"南北附近地区，并迫使美军开始了停战谈判。

由于一年来朝鲜战争的发展，全国军事人员已较 1950 年规定数增加了 50%，这在取得朝鲜战争的胜利和加速现代化兵种的组成上起到了很大作用，但在财政的供应和人力的消耗上，却成为很大的负担。就财政支出而言，1950 年的国防费是 28.01 亿元，1951 年的国防费用预计比上年要超出 40% 多，高出 20% 多的经济建设比重，以致我们的许多工作面临严重的危机。

另外，美国为了报复中国部队出兵朝鲜，在国际上通过各种手段对中国实施禁运。

1950 年 12 月 2 日，美国商务部宣布对中华人民共和国实施全面禁运，"凡是一个士兵可以利用的东西都不许运往共产党中国"。

12月8日，美国宣布《旧金山执行港口管制法令》，上面规定：

> 无论何种货物，经由美国口岸转达中国旅顺、大连、香港、澳门者，均需卸下，如要装运，必须特别许可。

美国政府知道，仅仅美国单方面对中国实行禁运而无盟国的配合，很难收到理想的效果。于是，美国政府一方面与有关各国频繁接触，争取他们加入对华禁运的行列中；另一方面企图通过联合国采取集体行动。

1951年2月1日，在美国的操纵下，联合国大会通过了诬蔑中国为"侵略者"的决议，要求各国对美军给予一切援助，对中、朝军队不要给予任何援助。

联合国还成立了由美、英、法、墨西哥、菲律宾、土耳其、澳大利亚、比利时、巴西、加拿大、埃及、委内瑞拉等组成的所谓"额外措施委员会"，专门对中国实施经济制裁。

2月17日，美国国务卿艾奇逊致电美国驻联大使团为"额外措施委员会"定下了工作原则和方案，专门讨论针对中国的切实有效的经济禁运措施。

艾奇逊公开宣称：对华禁运不仅有经济上的意义，而且有心理和政治上的影响。如果只有那些一般认为容易接受美国压力的国家实施对华禁运，这种影响是不能被完全感觉到的，只有联合国中所有非共产党国家都实施禁运，对共产党中国实行制裁的道义影响才能最大限度地发挥出来。

5月14日，在美国一再施加压力的情况下，"额外措施委员会"通过了美国提出的对中国和朝鲜实行禁运的决议。

5月18日，第五届联合国大会在苏联、波兰、捷克斯洛伐克等国拒绝参加投票，印度、巴基斯坦、埃及等国弃权的情况下通过这一决议。

决议要求每一个国家对中华人民共和国中央人民政府和北朝鲜当局控制下的地区实行禁运武器、弹药和战争工具、原子能材料、石油、具有战略价值的运输器材以及对制造武器、弹药和战争工具有用的物资。

对于此种情况，毛泽东指出，在目前这种困难的情况下，全国人民要团结一心，进一步加强抗美援朝的力量，全力支援前线，支援中国人民志愿军。因为只有国家和平了，人民才能安下心来搞建设。

毛泽东见委员们频频点头，又语气坚定地说：

战争必须胜利，物价不许波动，生产仍需发展。

他还确定了解决财政困难的五条方法，其中第三条是"紧缩开支，清理资财，全面开展增产节约运动"，第四条则为"提倡节约，反对浪费"。

　　毛泽东最后在会上号召：在保持国内物价稳定和不过分加重人民负担的条件下，要保证对前方的物资供应，就只有努力增加生产、厉行节约！

中央制定增产节约措施

政治局的委员们对毛泽东提出的"增产节约"并不陌生。早在新中国成立初期，由于国民党反动派的破坏，国民经济面临着一系列棘手问题。

1949 年 12 月 5 日，毛泽东在给军队的一个指示中曾经指出：

> 我们今天要将革命战争进行到底，要医治长期战争遗留下来的创伤，要从事经济的、文化的、国防的各种建设工作，国家的收入不足，开支浩大，这就是我们今天所遇到的一项巨大困难。

1950 年 3 月，为了争取财政经济状况的好转，中央人民政府通过并公布了陈云起草的《关于统一国家财政经济工作的决定》，其中指出：

> 所有国家工厂和企业，除规定职工工人数及生产的质与量外，必须实行原料消耗的定额制度，铲除囤积材料的浪费行为。一切国营经济部门，均需提高资金的周转率，保护机器资

材，建立保管制度，严惩贪污浪费人员。全国均应节省一切可能节省的开支，缓办应该缓办的事项，以便集中财力于军事上消灭残敌，经济上重点恢复。

1950 年 6 月，中共中央召开了七届三中全会，会议的中心议题是争取国家财政经济状况的根本好转。毛泽东在会上做了题为《为争取国家财政经济状况的基本好转而斗争》的报告。在这次会议上，中共中央正式将增产节约提上了议事日程。

1950 年 11 月，陈云在第二次全国财政会议上做了《抗美援朝开始后财经工作的方针》的报告，指出：

> 简单地说，就是把明年的财经工作方针放在抗美援朝战争的基础之上，与今年放在和平的恢复经济的基础上完全不同，表现在财政上就是要增加军费及与军事有关的支出，同时各种收入也必然要减少。

由于财政上既要照顾到国防开支的迫切需要，又要保证财政状况和市场的稳定，在这种情况下，开展增产节约运动就成为非常必要的选择。

中央批转增产节约报告

毛泽东关于"增产节约"的伟大号召发出后，这项运动首先从抗美援朝战场的直接后方、中国人民志愿军的后勤供应基地东北地区展开。

1950 年 11 月初，在志愿军刚刚入朝不久，东北的许多厂矿企业就开展了爱国主义劳动竞赛。全国性的生产劳动竞赛和增产节约运动也随之展开。

1951 年 3 月 6 日，中央财政经济委员会副主任李富春在第一次全国工业会议上就"如何组织与领导生产竞赛"问题指出：

企业中的领导干部在生产竞赛中应注意以下几点：竞赛的内容必须与完成生产计划的总任务相结合，与解决生产中最薄弱的或最关键的环节相结合；提倡劳动与技术相结合，启发职工的智慧，从改善工具、改善操作方法、改善劳动组织来提高生产；推广先进生产者与先进生产小组的经验；在竞赛中建立与改善各种经营管理制度，制订联系合同与集体合同；在竞赛中建立合理的奖励制度。

6月1日，抗美援朝总会发出捐献飞机大炮和推广爱国公约的通告，同时，提出了增加生产、增加收入的口号，以增产增收作为捐献之款。许多地区把爱国公约、劳动竞赛、增加生产和捐献结合起来，广大人民群众充分发挥生产的积极性和创造性，有力地推动了生产的发展。

在农村，广大农民开展爱国增产竞赛，努力提高产量，确保朝鲜前线的粮棉供应。

7月，中共中央东北局发出的《关于加强党对国营企业领导的决议》指出：

> 发动群众搞好生产，是搞好基层工会工作的关键。其中最主要的是组织与领导群众进行爱国主义生产竞赛。

该决议还指出，要使劳动与技术相结合，使生产竞赛与物质奖励原则相结合，使先进带动落后并帮助落后，使生产能够按照生产计划经常地平衡发展，就要关心职工的生活及福利，保护工人阶级的日常利益，同时进行政治、文化和技术教育。

这些政策和措施对工业领域增产节约运动的顺利开展，起到了积极的推动作用。

10月23日，毛泽东在全国政协一届三次会议的开幕词中对工农业已经开展起来的爱国增产运动作了肯定性评价：

在工业和农业战线上发展着的爱国增产运动，是我们国家值得庆贺的新气象。在农村中实现土地改革和在工厂企业中实现民主改革之后，工人和农民即获得发展其爱国增产的极大积极性，并改善其物质生活和文化生活的可能。只要我们善于团结、教育和依靠工人和农民，我国就一定会出现一个普遍高涨的爱国增产运动。

他同时发出"增加生产，厉行节约，以支持中国人民志愿军"的号召，指出"这是中国人民今天的中心任务"。由此可见，党中央对增产节约运动赋予了重要的地位和意义。这两次会议成为增产节约运动发展的一个重要转折点。会后，按照中央的部署，规模巨大的增产节约运动在全国范围内迅速铺开。

11月9日，中共中央批转了东北局关于增产节约运动的报告。东北局在报告中总结了1951年以来东北地区开展增产节约运动的经验，称开展这个运动要经过以下几个步骤：

一是运动开始，首先必须反复说明意义和方针；

二是发掘潜力，潜在力量是在工厂里，在群众中间；

三是制订计划；

四是找窍门，订合同，组织竞赛。

中央对这个报告作出如下批示：

要求各中央局根据中央政治局扩大会议的精神和本区具体情况，并参照东北经验，做出你们自己的全面的，不仅工业也不仅财经的增产节约计划，报告中央。

随后，各地区纷纷制订增产节约计划，以加强对增产节约运动的领导。

20日，中央又批转了高岗《关于开展增产节约运动，进一步反贪污、反浪费、反官僚主义斗争的报告》。

同日，《人民日报》发表社论《开展增产节约运动是国家当前的中心任务》，提出：

因为"增产节约"是贯穿到一切方面的总方针和总任务，因此，我们要普遍地深入地发动一个全国规模的增产节约的群众运动。

社论还提出增产节约运动的基本要求是：杜绝浪费，

降低成本，提高设备利用率和产品合格率。从这可以得知，技术革新是增产节约、提高效率的重要方法，技术人员和群众要深入生产第一线，要善于把劳动和技术相结合，在实践中总结先进经验，并敢于改革创新，寻找更有效的生产技术。

例如，据沈阳、鞍山、大连、本溪等地的 212 个厂矿的不完全统计，1951 年职工在运动中提出 1.16 万余件合理化建议，其中 6808 件所创造的价值约 1391 亿元。

增产节约、劳动竞赛运动的进一步发展和提高，不仅取决于工人阶级的劳动态度、劳动纪律和劳动强度，而且取决于工人阶级在技术上的学习和进步，技术革新运动由此应运而生。

12 月 1 日，中共中央在《关于实行精兵简政、增产节约、反对贪污、反对浪费和反对官僚主义的决定》中进一步指出：

为了建设重工业和国防工业就要付出很多的资金，而资金的来源只有增产节约一条康庄大道，因此，中央于 1951 年 10 月召开了扩大的政治局会议，决定了这一方针；并于同月至 11 月 1 日经过人民政府和人民团体各党组，各中央局、各中央分局、各省委、市委、区党委、各同级军区党委、各同级政府党组和各同级人民团体党组，领导全党全军和全国人民开展爱国增产节约运动，使这个运动成为真正的全体人民运动。

12 月 7 日，中央人民政府政务院第一百一十四次政务会议，决定成立中央人民政府节约检查委员会，加强中央对爱国增产节约运动的组织领导。

自此，一个群众性的爱国增产节约运动在全国开展起来。

二、 工业战线行动

- 王贵英鼓励工人们说："多炼一吨钢，就给国防多增加一份力量。"

- 苏联专家说："不管试验结果怎样，可能会失败，但只有经过失败才能成功，这是规律。"

- 李川江说："我们过去是给日本人、资本家干活儿，现在是给自己干活儿，就要拼命干！"

机械行业开展劳动竞赛

1950 年 9 月 30 日，中南海怀仁堂张灯结彩、喜气洋洋。毛泽东在这里举行盛大的国庆宴会，招待全国的劳动模范和增产节约标兵。

晚上 18 时左右，党和国家领导人毛泽东、刘少奇、周恩来、朱德、陈云、李富春等出现在宴会大厅，全体代表起立，热烈鼓掌。

在发表简短的国庆祝词后，毛泽东端起酒杯来到劳模们面前，给劳模们敬酒。

这时，东北地区的一个代表主动向毛主席敬酒。当他走近毛主席时，中央领导同志向毛泽东介绍说："他是机械行业模范组马恒昌小组的组长马恒昌。"

毛泽东慈祥地笑了，点了点头说："我知道！我知道！"

马恒昌举杯激动地说："为毛主席健康干杯！"

毛泽东举杯对大家说："为工人阶级幸福干杯！"

马恒昌小组原是沈阳第五机器厂的一个小组。1948 年 11 月，这个小组的工人在敌机不断骚扰、轰炸的情况下，奋不顾身地完成了一批批军工生产任务。他们还带头向全厂职工倡议开展"红五月"劳动竞赛，并以优异的成绩于 1949 年 4 月 28 日获得"生产竞赛模范班"的红旗。在授旗会上，这个组被正式命名为"马恒昌小组"，马恒昌任组长。

马恒昌1907年出生在辽宁省辽阳县的一个贫苦家庭。他的父亲长年给地主赶车，有一次马惊翻车，被轧死在车轮下。因饥寒交迫，他的母亲把他送到地主家当了牛倌，当时他只有10岁。

寒冬腊月，他光着脚，踩着大雪去放牛。为了取暖，他一见牛拉下屎，就赶紧把脚插进去暖和暖和。

16岁时，他的母亲托亲戚在抚顺给他找了一个当学徒的地方，那是日本人开办的工厂。

一天，一个日本工头叫他拿卡尺，他听不懂日本人的话并没有去拿。那个工头便操起一件铁具，打得他头破血流。

他先后在张作霖、日本人和国民党的工厂做工，吃的都是猪狗食，干的都是牛马活。

1948年沈阳解放后，马恒昌进了沈阳第五机器厂当车工，不久当选为车工一组的组长。就在这时，工厂接受了一项制造高射炮闭锁机的任务。

闭锁机是精密部件，时间非常急迫，工厂把这个任务交给了马恒昌。当党代表向他传达任务时，他坚定地表示："只要党交给咱的，没二话，一定完成。"

正当马恒昌带领小组工人拼力赶制时，国民党反动派的飞机对刚刚解放的沈阳进行了骚扰和轰炸。

一天夜里，一颗炸弹落在工厂附近爆炸了，车间领导让他们迅速进防空洞躲避，马恒昌却说："它炸它的，我们干我们的，为了支援解放军，车床一分钟都不能停！"结果，他们提前5天保质保量地完成了任务。

工厂刚刚恢复生产，各种器材十分缺乏。一天，党代表找到马恒昌，同他研究如何动员工人把自己保存的工具献出来，用于发展生产，支援解放战争。

马恒昌听了，高兴地说："我们工人连心都愿意掏出来，拿出工具还能心疼吗？"

当天晚上，他就赶回家去，把自己节衣缩食买的一把百分尺拿出来，对老伴说："我把它献给工厂。"

老伴看着百分尺，半天才说："这可是咱卖裤子当袄，好不容易买的宝贝疙瘩呀！现在要卖，换回的高粱米也够咱全家吃几个月的了！"

百分尺在当时是稀缺珍贵的量具，马恒昌见老伴舍不得，就向她讲解新社会工人翻身做主人的道理，终于说服了老伴。

第二天，马恒昌第一个把百分尺献给了工厂。在他的带动下，整个工厂掀起了捐献器材的热潮。

1949年3月，为了增加生产，马恒昌带领小组工人定出了迎接"红五月"劳动竞赛的条件，他们小组在劳动竞赛中获得了"生产竞赛模范班"的红旗。就在工厂召开授旗仪式的大会上，他们小组被命名为"马恒昌小组"。

从"红五月"开展劳动竞赛到当年年底，马恒昌小组的 10 名工人生产了 7000 多个零件，件件合格。有 7 名工人创造了 10 次新纪录，改造了 18 种工卡具，全小组立一等功 1 次、二等功 9 次、三等功 6 次，并获得了工厂、沈阳市总工会、东北工业部授予的奖旗。

这一年，马恒昌和他小组的 9 名工人全部加入了中国共产党。

9 月 30 日夜里，马恒昌失眠了。

他想起自己在旧社会的遭遇和晚上在怀仁堂的幸福情景，便从床上起来，走到毛主席的画像前，庄严宣誓：

毛主席啊，毛主席！千年苦根是共产党拔，万年甜源是共产党开。我们马恒昌小组跟着共产党寸步不离，世世代代不忘本，永远跟党干革命。

马恒昌从北京参加劳模会回沈阳不久，美国就发动了侵朝战争。在这年冬天，沈阳第五机器厂的一部分职工迁往齐齐哈尔，建立了齐齐哈尔第二机床厂。

马恒昌小组首先响应党的号召，第一批报名北迁。

1951 年 1 月 17 日，马恒昌被志愿军的辉煌战绩所鼓舞，他们小组向全国职工发出开展爱国主义劳动竞赛的倡议，全国有 1.8 万个小组提出应战，爱国主义的劳动竞赛在全国轰轰烈烈地开展起来。

这个活动大大提高了生产效率，增强了工人的主人翁意识。

在这场劳动竞赛中，马恒昌小组提前两个半月完成了全年生产任务。全组工人创造了 69 次新纪录，提出了 23 项合理化建议，给国家增产的价值相当于 366.8 吨粮食的财富。马恒昌小组的英雄业绩不仅为广大志愿军指战员深知和感动，而且受到了金日成同志的褒奖。

马恒昌小组向全国职工发出开展爱国主义劳动竞赛的倡议后，哈尔滨车辆厂的机械工人勇敢地接受了挑战。他们在全国著名机械工人苏广铭的带领下，成功地完成了 320 多项技术革新，最高的一项革新使工效提高了 88 倍，为我国的机械行业增产节约作出了重大的贡献。

苏广铭是山东省平原县人，童年时只念了一年书，11 岁即到哈尔滨当时还是日本人经营的工厂当了学徒。苏广铭在这个工厂干了 20 年，受尽了资本家和日伪统治者的剥削和压迫。新中国成立后，日伪统治者被赶走了，苏广铭有了当家做主的感觉。他在工厂里总是早来晚走，出满勤，干满点，每天都力争为国家多作些贡献。

有一次，工厂领导把一项加工"钢背瓦"的任务交给他，他在使用油钢刀加工的过程中，感觉速度特别慢，一天特别忙，却干不出多少活儿来。

为此，他的心里很不是滋味，于是便向工厂请来的苏联专家请教。

苏联专家给苏广铭一把硬质合金刀，让他试试，试的结果使苏广铭体会到"手巧不如家什妙"的道理。

这件事以后，苏广铭干活儿不光拼体力，还动脑筋，找窍门。他不断地钻研、学习，攻破了许多生产难关。

一次，苏广铭在生产"小胎车花帽"时，按照工厂的老办法干，卡一个铣一个，卡活时还要停机器，效率非常低。经过思考，他制作出了一个新胎型，实行多零件加工，一次能卡 15 个，还可以上 2 个工作件，轮流卡活，减少了停机器时间，使机床流水作业工效提高了4 倍。

苏广铭原来操作的是一台 1928 年生产的老铣床，每分钟的转速只有 120 转，不仅性能落后，效率也低。苏广铭决心改造这台旧设备，让"老铣床作出新贡献"。

为了这个目的，他整天泡在车间里、机台旁，吃饭、休息时脑子也在不停地琢磨。经过反复研究和实践，他终于创造了一种高速铣削手法，使这台铣床的转速提高到每分钟620 多转，提高工效 5 倍多。

抗美援朝期间，哈尔滨车辆厂要加工一批平板车，时间紧，任务急，而且当时车辆厂加工车架的设备十分落后。为了及时完成任务，苏广铭设计了一种新式铣刀，这种铣刀同时可以加工几个面。新式铣刀的使用使原来 1 天只能加工 1 个车架增加到 1 天加工 12 个，确保了生产任务的如期完成。

1954 年，厂内急需制造摇杆 200 个，这个任务既艰巨又急迫。苏广铭经过改进刀具，工效一下子提高了125%，不但按期完成了任务，还为工厂节省了很多钢材。

随后，工厂又将加工"大钩眼"的任务交给他，他改用合金铣刀来加工，又将工效提高了3倍。

苏广铭不仅在自己的机床上搞技术革新，还帮助别人攻克难关。

他们小组工人李春兰在加工"拱架柱"时遇到了困难，苏广铭就帮助他改进了操作方法，使工效提高了4倍。

他们车间还有个叫辛成国的工人，不仅提出要和马恒昌小组竞赛，而且看到苏广铭的工作效率高，还向他提出挑战。

当时，工厂正加工皮带运输小轴，辛成国积极改进刀具，创造出在一个刀杆上安三把刀的办法，可在试验时，他的第三把刀因和顶尖抵触而行不通。

苏广铭看到后，就帮他想办法，把顶尖铣去了一块，使辛成国的刀具革新试验取得成功。

苏广铭后来又创造了"错齿片铣刀"等先进技术，大大提高了工效。"一五"期间，他带领全厂职工用半年的时间就完成了4年的工作量，质量完全合乎标准，未出一件废品，受到了上级的表彰。

在机械行列，同哈尔滨车辆厂一同接受马恒昌小组劳动竞赛挑战的还有广东省汕头机械厂全体工人。他们在增产节约标兵罗木命的带领下，改进和创造了374件工具和设备，使原来的全部手工操作变为80%的机械化操作，极大地提高了生产效益。

罗木命是一个盲人，却以常人难以想象的顽强意志和毅力，刻苦钻研生产科学知识，以百折不挠的精神，为增产节约作出了突出贡献。

罗木命出生在广东普宁一贫穷人家，在他还很小的时候，他的父母亲和兄长就为了革命事业而壮烈牺牲。他从小靠祖母抚养，10岁时，祖母不幸去世，他成了一个无依无靠的孤儿，过着乞丐的生活。

1947年，罗木命参加了革命，在大南山游击队军工厂修械所工作。汕头解放后，他被分配到潮汕矿务局机械修配厂做工。1952年他被调到了汕头机械修配厂。

就在这一年，美帝国主义在朝鲜进行了惨无人道的细菌战。为了粉碎细菌战，汕头机械修配厂承担了赶制一批喷雾器的任务。但由于电石供应不上，影响了喷雾器的生产。罗木命是钳工小组的组长，为此十分着急。

1952年4月20日是星期天。这天，从广州运来了几桶电石。罗木命听到消息后，非常高兴，连忙赶往工厂。他准备先把电石桶打开，将电石取出来，好让工人第二天一上班就能立即投入生产。

可就在这时，一场意想不到的灾难发生了。

电石桶在载运的过程中渗进了雨水，使里面的电石受了潮。如果罗木命不着急取出电石的话，危险也就不会发生了，但就在他敲击电石桶盖子的时候，电石"轰"的一声爆炸了。罗木命在爆炸中受了重伤。

　　此次事件过后，罗木命虽然经过多方抢救，但眼睛还是受了重伤。他的左眼完全失明，右眼也仅仅只有两三成的视力。

　　从此，在罗木命面前展开了一段艰难的生活历程。然而极为可贵的是，正是在这种人生的逆境中，这位身残志不残的工人为祖国社会主义现代化建设作出了重大的贡献。

　　身体康复后的罗木命一出院便立即要求上班，工厂领导劝他休养一段时间再说，可他坚决不肯。在他的再三要求下，工厂领导只好让他上了班。

　　罗木命带着满腔热情回到了车间，可摆在他面前的却是重重困难。

　　一进车间，他只能看见迷迷蒙蒙的一片阴影，听见到处"嗡嗡"的机器声响。真正干起活儿来，由于视力的模糊，他常常跌伤、撞伤。

　　由于眼睛根本看不清楚，他在做车间最简单的打孔工作时也常常出错：不是打不上，就是打歪了。

　　对于工作上的这些困难，罗木命既焦急又难过。他不甘心成为一个无用的人，决心战胜困难。

　　他在心中说："我要向保尔·柯察金一样顽强地斗争下去，把终身献给党的事业。"

　　罗木命决定给自己寻找一条新的出路。就在这时，传来了增产标兵张明山和王崇伦在增产节约运动中发明"反围盘"和"万能工具胎"的消息，罗木命鼓励自己：

别人都能创造出那么多的成绩，我也一定能够找到先进的工作方法。他决心向张明山等人学习，走技术革新的道路，做一个对国家有用的人。

此时，罗木命所在的小组正在加工喷雾器喷枪上的铜管。加工这种铜管时，工友们首先要用锯子把长长的铜管锯成一根一根的短管。

当时，工友们用的是人工锯的方法，每小时仅能锯40条。罗木命想起曾经看到过木工用金线锯锯木头的方法，那是用电力作动力的新型锯，干活儿特别省力。他决定仿照这种锯，自己造一台电动锯铜管机。

说干就干。罗木命在一位工具保管员的帮助下，居然真的成功地制造出了一台电动锯铜管机。这种机器以每小时锯铜管 350 条的速度工作，改变了过去只能用人工锯铜的方法，工效比原来提高了近 9 倍。

锯铜管机的制造成功使罗木命闯进了技术革新的大门。然而，这仅仅只是罗木命在技术革新中的一个小小开端。

有一次，罗木命在工厂赶制汽车轮胎螺丝时，同副组长一起成功地研制出了一台达牙机，使工厂在这个环节上的生产效率提高了 6 倍。

随后，他还成功地试制出了卧式双头铣边机，使工厂这个环节的生产效率比以前提高了整整 10 倍。

不仅如此，罗木命还使工厂其他工序的生产也大都实现了机械化。比如，原来生产喷雾器需要 27 道工序，现在，罗木命使其中的21道工序都实现了机械化；原来生产汽车轮胎螺丝有15道工序，他使其中的12道都实现了机械化。罗木命的发明创造为工厂节约了大量的人力和时间，使企业的生产效率成倍增长。

在这期间，他还先后改进和创造成功了切橡皮管机、磨十字头机、土刨床、积木式车床、镗床等机械。仅一年时间，他就带领工人改进工具和操作方法，使企业的经济效益成几何倍数增长。

在这些革新创造中，罗木命付出了比正常人更大、更多的劳动。比如，在设计图纸的过程中，由于眼睛看不清，他就只能找一块小黑板，用粉笔画上粗大的线条设计。即便这样，罗木命也需要连续画上上百次才能画好一张草图。在装配零件时，由于看不清，他只能用手摸着干，手和脚常常被刺伤、砸伤。

一次，罗木命到废料堆里找零件，半路上一头栽进了一个几米深的大坑，腿摔坏了，人爬不出来，在坑里闷了半个多小时，才被人们发现救了上来。

然而，所有的这些困难都没有动摇罗木命的意志，在此后的几年中，工厂在罗木命创新的新工具的帮助下，4年完成了11年的工作量，为我国的增产节约作出了重大的贡献。

钢铁行业推行技术革新

1950 年 9 月 30 日，钢铁行业的劳动模范王贵英和各条战线的英模一起在北京中南海受到了毛泽东的亲切接见。

王贵英是太原炼钢厂的炼钢工人，1918 年生于山西省阳曲县，1942 年进太原炼钢厂当杂工。那时，太原还在日本人统治下。王贵英为了学习炼钢技术，经常挨日本工头的耳光。有一次，他一气之下打了日本工头，结果被抓起来，关进监牢 50 多天。

太原市解放后，王贵英掌握的炼钢技术才得到了充分的发挥。

1949 年，全国冶金战线开展创造新纪录运动，王贵英首先响应号召。那时，他是炼钢部丙班班长，带领全班工人向甲、乙两班提出了挑战，创造了 3 次新纪录，使钢的产量比日寇时期提高了 3 倍多，比阎伪时期提高了 5 倍多；出钢的时间由阎伪时期的每炉 12 小时缩短为 5 小时，每炉出钢量比阎伪时期增加了 5 吨多。

王贵英从北京开会回到山西后，接二连三地创造新纪录。有人说他有一双智慧的眼睛，不用仪器测量，就可以看出钢品的等差。还有人说王贵英有一双与众不同的手，平炉怕他，不敢不出好钢。

工人群众的这些赞颂并非是溢美之词。一次，平炉的出钢口出了毛病，有位工人修了4个多小时都没修好，王贵英只用了半个小时就修好了。那位工人佩服地说："平炉这家伙就怕王贵英。"

还有一次，一号炉前壁的挂砖铁板被烧化了300毫米，炉顶随时都会被烧坏塌下来。在这危急时刻，众人束手无策。王贵英赶来后，果断地将炉顶的七号和八号砖拆下来，换上了一块铁板，很快就将炉顶修好了。

类似这样的事情发生过多次，王贵英每次都能化险为夷。工人们炼钢时，只要有王贵英在场，心里就踏实。

1951年2月的一天，王贵英带领全班工人正在炼钢的时候，装卸机突然出了故障，不能装料了。

这时，炉膛内烈火正在燃烧，摆在人们面前的有两个选择，一个选择是让烈火把炉壁烧坏，使生产停止，给国家造成重大的经济损失；另一个选择是，必须当机立断，提出一个救急办法，把原料装进平炉，使生产继续进行下去。

在这万分危急的时刻，王贵英马上把全班工人组织起来，用人工装料。他带头奋不顾身地冲向炉门口，站在大伙的最前面，把别人传递过来的原料，用手送进平炉里去。

从炉膛口喷出来的火无比凶狠地向王贵英扑去。衣服被烧着了，手烧起泡了，他仍然坚持工作。

他一边干，一边鼓励工人们说："机器就是武器，工厂就是战场，多炼一吨钢，就给国防多增加一份力量。同志们，加油干呀！"

王贵英的行动，给了其他职工极大的鼓舞。大家群策群力，奋勇抢险，终于把原料装进了平炉，比用装料机还快了 5 分钟。

王贵英说过这样一句话："战胜时间就是战胜一切。"

正是在这种思想支配下，他带领工人们战胜各种困难，超额完成生产任务。

在这一年的新年前夕，他们在 7 天内创造了 8 次新纪录，在炼钢时间上接近了世界水平。他的事迹曾被国内外一些工业界人士看作是新中国蒸蒸日上的一种标志。

王贵英常常念念不忘毛主席所指示的劳动模范的三大作用，感到劳动模范比普通工人有更重大的责任。

有一次，平炉因温度过低，原料熔化不开。对于这种情况，有的人采取了一种等待的态度，有的人则一味埋怨煤气供应不足。

王贵英经过详细检查，发现炉内呈现着暗红色，压力很大，可是烟囱闸门却仅仅开着 400 毫米的小口。

他马上叫工友把烟囱闸门开到 700 毫米，不到 10 分钟，炉温就升起来了，熔料也加快了。

原来并非煤气不够，而是煤气过多，压力太大，而烟囱的引力不能抽足煤气，因而炉温无法提高。

王贵英创造性的劳动，在一次紧急的情况中表现得最为明显。

1952年5月，一次生产竞赛时，由于平炉修理时间大大地超过了作业时间，以致到了5月17日，工厂仅完成全月生产任务的39%，情况甚为紧急。

王贵英从太原市开完先进生产小组代表会议回来，立刻召集炼钢部有关人员开会，经过缜密的研究，发现主要原因是平炉司炉人不注意煤气，在烟道闸门的管理上走了另一个极端：烟道闸门开得太大，降低了炉内温度，以致冶炼时间激增，钢水因温度过低而不能注锭，造成大量报废现象。

王贵英经过深入的研究，找出了原因，马上扭转了紧张的局势，接连创造了两个月产新纪录。在5月份最后10天中，他们迅速完成了全月生产任务的50%，并创造了空前的月产新纪录。工友们都说："还是王贵英有办法。"

这是工友们诚恳而由衷的赞誉，也是他们出自心底的钦佩。

1951年秋天，王贵英由班长被提升为炼钢部副主任，后晋升为炼钢技师、工程师。这以后，他带头推广了快速炼钢法，使钢产量连年上升。

正在王贵英所在的太原炼钢厂接二连三地创造冶炼新纪录的同时，辽宁省鞍钢小型轧钢厂的工人也不甘落后，他们以一个小发明为国家节约了大笔生产资金。

不仅如此，这个发明还从根本上改善了工人的劳动条件，消除了人身事故的发生，提高了产品质量。

说到这个发明，必须要简单地介绍一下小型轧钢厂的生产工艺。

所谓小型轧钢厂就是生产小型钢材的工厂。

这个工厂的第一车间是轧制钢筋和钢条的。轧制钢筋和钢条，就是把快红的钢材送进毛轧机里轧细，然后由光轧机再轧，这样越轧越细，直至成材。

钢条在反复轧制过程中，往来要经过几道孔。在第一道孔与第二道孔之间，有个装置叫围盘，这种围盘是世界各国光轧机普遍使用的。

可在一次生产时，当被烧红的钢条由第二道孔里钻出来，绕一个圈子再钻进第三道孔的时候，却出现了难题。

原因是钢条由第一道孔里出来可以平平顺顺地进入第二道孔，而进入第三道孔的时候，则必须将扁圆形的钢条马上扭转一个角度，改变成侧立的形式，让光轧机再压延，才能形成圆形的钢条。

而要让飞奔出来的火红的钢条自动地扭转一个角度侧立起来，是很不容易做到的。干这活儿，得眼疾手快。要是夹不住，就会"跑钳"。

"跑钳"后，火龙一样的钢条有时会绕上工人的脖子，有时会从工人的胯下穿过去，还有时会在工人的腰上绕个弯儿。

1000 摄氏度高温的东西，碰到哪里都会造成严重后果。更可怕的还有"打套"，钢条走得不顺溜，弯曲起来，结成套儿，要是把工人套在里面，不死也得扒层皮。

新中国成立前，小型轧钢厂又叫"阎王殿"，厂里长期流传着这样一首打油诗：

小型厂，阎王殿，挟钳活，要命换。

解决"跑钳""打套"的问题，有一个现成的办法，就是研制出一种叫"反围盘"的设备。

这种想法很多人都想过，但实现起来却难于登天。

伪满时期，日本人也想做"反围盘"，但试验多次都失败了。美、英、法、德等国家的工程师们也是绞尽脑汁都没做出来。

制造"反围盘"为什么这么难呢？

原来，钢条从第二架辊子出来时必须有一定的倾斜度，才能顺利冲进第三架辊子，差一丝一毫都不行。并且，弧度决定着钢条的冲击力，力量大一点儿或小一点儿都不行。在这里，围盘的弧度、钢条的倾斜度和冲击力，都被认为是无法准确计算的问题。

就在这个问题困扰着所有人的时候，一个工人站了出来，他就是张明山。

张明山，鞍山市人，生于1914年。他从8岁起就给地主放猪，16岁时在鞍山机械修理厂当徒工，18岁时在小型轧钢厂备品班当钳工。

日本投降后，国民党接收了鞍山，张明山不堪忍受国民党腐败工头的欺压，回家以打铁为生。

鞍山解放后，张明山兴冲冲地回到了离开多年的小型轧钢厂。

当时，鞍钢的工厂全部停工。为了恢复生产，支援解放战争，党号召工人们献交器材，让机器运转起来。

张明山毫不犹豫地把自己收藏的链子、钳子等 30 多件工具一起交给了工厂，并通过刻苦钻研，很快成为工厂一名出色的焊工。

张明山为人忠厚，不多说话。谁也没想到这样一个老实的工人，能干出一件轰动全国的大事。

从以上介绍，我们已经知道，张明山并不是压轧班的工人，可是他见压轧班的工人同火蛇搏斗，经常累得精疲力竭，还常常被烫伤，心里十分难过。

他想起当初日寇霸占工厂的时候，他曾亲眼看见日本人要安装一个叫"反围盘"的装置，但没有成功。

那个时候，张明山还只是个钳工，只能在旁边看。现在，自己当家做了主人，他就想着要试着干一下。

他带上备品班的几个工人，一起到薄板厂北边旧废铁堆里将日本人丢下的那个"反围盘"找出来，修理了一下，就去找压轧班的班长，要求试验一下。

可是，他们试验了 10 多根钢条，也没有成功。

不过，在这次试验中，张明山却发现了问题。他观察到，钢条钻不进"反围盘"，是因为"反围盘"的外槽太高，围盘上的嘴子也有问题。

由于此时工厂处于创造新纪录的时期，工人们怕试验不成影响了生产，所以将此事停了下来。

但是，张明山并没有放弃对"反围盘"的研究。特别是在 1950 年初，光荣地加入了共产党后，他更觉得作为一名共产党员应该为党多做点儿事情。

不久，工厂开展劳动竞赛，厂领导号召工人群众提合理化建议。张明山又鼓起勇气，提出了继续试验"反围盘"的计划，并请人代笔写了一份建议书交给领导。

建议书送出不久，厂工程师周任源拿着他的建议书来对他说："'反围盘'是不会成功的。日本人搞了 20 年都没成功，外国的书上也没有看见过。"

张明山迎头碰了一个钉子，心里很不是滋味。不过他没有灰心，对周任源工程师说："我们共产党把日本赶走了，把国民党打垮了，这些事，英国、美国的书上也不会有吧？他们不成，就不准咱们成吗？铁杆也能磨成绣花针，共产党员是不会在困难面前低头的。"

此后，张明山一有工夫就会研究反围盘。

为了研究弧度，张明山一有时间就蹲在轧钢机前面，边瞅边想，并把尺寸记在小本子上。晚上回家，他就在家里到处画半圆，星期天也画个不停。

他的爱人看了有意见，对他说："你成天像个傻子一样画圆，家里的活儿一点儿不干，你是不是着魔啦？"

对于爱人的抗议，张明山没有理睬。他知道，这玩意儿没有做出来之前，和谁都解释不明白。

1951 年，工厂开展了增产节约竞赛。张明山再次提出试验反围盘，可他的建议又被工程师周任源否决了。

周任源认为："一个没文化的工人，自己在家琢磨的东西能有多大能耐？"

这次被否决以后，张明山就独自一人，在暗中偷偷地进行研究。

离他家一公里多有一条小河沟，每天下班后，他就拿竹皮子当钢条，去那里用泥巴塑造各种模型。

他每天回家扒一口饭就往河沟跑。家里人问起来，他就说去散步。可他爱人看不明白，别人越散步越健康，自家老头儿怎么越散步越吃不下饭，脸瘦得像黄皮瓜似的。

秋天的时候，小河沟里的蚊子很多，夜里常常叮他咬他，他的两条腿被叮满了包，走路都很困难。

到冬天时，小河沟里又结了冰，河边的泥模型被冻坏了，张明山这才离开了这块"试验场"，把"战场"搬到了院子里，整夜整夜地摆弄一个大柳条筐箩。

第二年的夏天，他又回到了小河沟"试验场"继续搞试验。

他在这里，渴了就喝几口河沟里的水，困了就躺在草地上睡一会儿，常常一连几夜不回家。

他的爱人不知道他在外面搞啥名堂，非常生气。

一天夜里，她见张明山跑回家，一句话不说，找了一个洋铁桶，拿起就走，她抱着孩子就在后面追赶，可是没有追上。

那天，张明山去看光轧机，忽然发现毛轧机通光轧机的跑槽上有两个挡板，扁形的钢条从毛轧机那儿顺着跑槽过来，碰在那两块挡板后，便自动地侧立起来了。

这个偶然的发现使他极为振奋。他的心里豁然敞亮了。

他恨自己为什么没有早发现那两块挡板，一年多的时间，他尽在外槽、出口嘴子和入口导板上打主意，把时间白白地耗费掉了。

他在那天晚上跑回家找洋铁桶，为的就是将洋铁桶剪成挡板，然后安在"反围盘"的模型上去试验。

此时已是 1952 年 5 月，鞍山市委号召全市工人开展增产节约运动，小型轧钢厂的任务急剧增加，所有的矛盾都集中在压轧班的光轧机上了。

在这种形势下，张明山第三次提出试验"反围盘"，再次找到了把他否决了多次的工程师周任源。

这次，周任源支持了他的做法，同意上生产线试验。

试验过程中，周任源找了厂党委书记好几次，对书记说："万一失败了，咱这个月的生产任务可要打水漂儿了，还是等完成了任务再试吧。"

党委书记燕鸣横下一条心，对周任源说："任务豁出去不完成，这个试验也得搞！"

为什么下这么大决心？一方面，党委书记实在不忍心看到那些伤残工人的惨状；另一方面，鞍钢请来的苏联专家也支持这个试验。

苏联专家说："工人提的意见都不是乱说的，都来自他们的亲身体验。不管试验结果怎样，可能会失败，但只有经过失败才能成功。这是规律。"

这年9月，试验成功了！

这天，车间里人山人海，掌声如雷。压轧班的工人们拥上前，把张明山抱了起来，高兴地说："这一下，我们能多活10年啦！"

"反围盘"终于被一个没有文化的普通工人制造成功了。这一巨大的胜利轰动了全国。

苏联专家说："这个创造是有世界地位的，应当受到世界人民的重视。"

"反围盘"成功地一炮打响，使小型轧钢厂精轧出了直径19毫米和25毫米的圆钢，从而结束了小型轧钢厂27年用手工围钢的历史，初步实现了自动化围钢。

轧钢机安装上"反围盘"以后，圆钢的产量提高了45%，质量提高了6%，劳动力节省70%，轧槽与导板的使用寿命也延长了2倍，使小型轧钢厂每年可为国家增产节约1321亿元；而且还从根本上改善了劳动条件，提高了产品质量，并消除了人身事故的发生。

以小型轧钢厂张明山创造"反围盘"为契机，一场机械化、自动化运动随即在鞍钢开展起来。

9月25日，鞍山市人民政府、鞍山市总工会和鞍钢联合发出《关于批准小型厂张明山同志为1952年的特等劳动模范的决定》。

同年末，《人民日报》以张明山研制"反围盘"及小型轧钢厂的技术革新运动为内容，发表了题为《努力推动现有企业的技术改造工作》的社论。邮电部为此还发行了一枚"反围盘"特种邮票。长春电影制片厂则以张明山的事迹为素材，拍摄了一部名为《无穷的潜力》的电影。

1952 年，张明山到北京参加国庆观礼，在怀仁堂的宴会上，幸福地见到了毛主席。在那次宴会上，张明山的心情异常激动，在同毛主席碰杯时，竟把酒洒在了毛主席的衣袖上。

在张明山首创精神的鼓舞下，鞍山市涌现出了一批又一批的技术革新积极分子，给群众性的机械化运动开辟了道路。

从此，鞍钢以技术革新为主要内容的劳动竞赛迅速开展起来，在不到两年的时间内，涌现了上万项技术革新，为国家顺利地完成第一个五年计划作出了巨大的贡献。

纺织行业创造科学方法

1951 年，一个 15 岁的女青年因发明了一套科学的细纱工作法，创造了高产、优质、低消耗的新纪录，为全国纺织企业的发展作出了杰出贡献。她就是青岛国棉六厂细纱挡车工郝建秀。

当时，我国国民经济正处于恢复中，美国发动了侵朝战争，国民党反动派轰炸工业基地上海，全国工人阶级决心以搞好生产的实际行动来支援前线，反击帝国主义和反动派的侵略。

青年纺织工人郝建秀在这场斗争中发挥了巨大作用。

到 1951 年开展"红五月"劳动竞赛时，郝建秀出的皮辊花已连续 7 个月平均只有 0.25%。在这期间，郝建秀所在的青岛国棉六厂组织细纱工人学习郝建秀的操作方法，全厂的皮辊花率也下降到 0.497%。

皮辊花出得少，说明了工人们操作好，断头少，纱的质量好、产量高、消耗低。

全国纺织工会主席陈少敏听说了郝建秀的事迹后指出：

> 一定要认真总结推广郝建秀的工作法。如果全国纺织企业都达到郝建秀所在的青岛国棉

六厂的水平，一年少出的皮辊花可以多产 3.6 万件纱；如果全国细纱工人的皮辊花做到和郝建秀一样，一年可多产 4.4 万件纱。只要全国纺织企业达到青岛国棉六厂的水平，则超额利润就可以买 68 架战斗机，用这些飞机就能消灭更多的侵略军。

郝建秀于 1935 年 11 月 18 日生于山东青岛市沧口区的一个穷苦的工人家庭，小时候只上过 3 年学，因为家里穷，所以被迫弃学。她领着弟弟到纱厂、电厂的炉渣堆上去捡煤核，到海边浅水处摸蛤蛎，到山上去挖野菜。

从 9 岁开始，她就想进纱厂做工，于是走遍了青岛分布在沧口、水清沟、四方区的 10 多个纺织厂，冬天冒着刺骨的寒风，夏天顶着炙人的烈日忍饥挨饿，在工厂门前排队等候招工，但工厂从没有叫到过她的名字。那时候，无钱送礼，莫想进厂。

上学上不了，做工做不成，她的童年是在苦难中度过的。

1949 年 6 月 2 日青岛解放，9 月郝建秀就进了离家不远的青岛国棉六厂。

她看到工厂发生了变化，厂大门工人下班出口处的搜身栅栏被拆掉了，工人不再忍气吞声低人一头，而是挺起腰杆当了工厂的主人，她心里充满喜悦："共产党来了，我不但进了工厂，而且和大家一样成了工厂的主人啦!"

进厂后,郝建秀跟师傅学了 3 个月,分配挡车的时候,别人看 200 锭,让她看 300 锭。她心想,这是组织上对我的信任和奖励。

她为了把 300 锭看好,随时随地都注意向人学,取人之长,补己之短。

细纱操作有很多动作,谁在某个动作上最过得硬,她就向谁学习,把这一手过硬本领学过来。

日复一日,她一点儿一点儿地把许多工人操作上的优点集中起来,然后在运用中仔细加以琢磨、改进,再结合自己摸索出来的经验和操作规律,把各项动作融会贯通起来,合理地组织在一定的巡回路线中交叉进行,力求在操作上获得最佳效果。

经过两年不断地实践与探索,郝建秀终于逐渐形成了一套科学的操作方法。她看的纱锭逐步增多,而出的皮辊花不断减少,一创再创新纪录。

郝建秀进厂时间不长,在同一批进厂的新工人中年龄最小,所以当她一创再创新纪录而受到表扬时,曾受到一些人的怀疑、监视和讽刺。

但是,郝建秀并未因此而动摇,而是继续努力,不断进步。在该厂党、政、工、团的鼓励和帮助下,郝建秀工作法终于被其他工人接受了。

青岛国棉六厂的机器是火烧过的老机器,在当时青岛的 8 个纺织厂中是中等机器,但由于推广了郝建秀工作法，加上保全工作也跟得上，全厂的皮辊花率在全国的比例最小。

全国纺织工会主席陈少敏邀请了全国20多名优秀的工程师和细纱工人，到青岛国棉六厂来总结郝建秀的经验。

经过全面的观察、测定、分析，大家一致认为这是一套科学的细纱工作法，并用通俗易懂的文字和图解把它整理出来了。

1951年，纺织工业部和全国纺织工会在青岛联合召开全国细纱工作会议，把郝建秀的操作经验命名为郝建秀细纱工作法，决定在全国推广。

"郝建秀细纱工作法"不仅是纺织工业而且也是全国工业交通系统出现的第一个科学的工作法，实际上也是系统工程学在中国工业生产中的首次应用。

在总结推广郝建秀细纱工作法的启示下，纺织工业部和全国纺织工会从各地选拔了一批最优秀的织布工人、保全工人和工程师，通过操作观摩，集众人之长为一体，又总结出了"一九五一织布工作法"和"一九五三保全工作法"。

细纱、织布、保全工作法的总结和推广，激起了广大工人、技术人员学习和应用科学原理改进工作的热潮，有力地促进了纺织科学技术的发展。尤其是对工作法的研究引起了广泛的参与，纺织工业系统各个行业的主要工种都总结出了自己的工作法。

"1951年细纱工作法"和"织布工作法"的总结和推广，不但大幅度地提高了产量，降低了消耗，显著提高了纱的质量，还普遍增强了工人的看锭看台能力，为纺织企业在不增加人的情况下由两班制改为三班制创造了条件，从而为国家创造了大量财富。

陕西西北国棉一厂细纱挡车工赵梦桃就是"郝建秀细纱工作法"的首个受益者。

赵梦桃是河南洛阳人，小时因父亲病故，生活贫困，才来到陕西投奔当工人的哥哥。

1951年，16岁的赵梦桃进入陕西西北国棉一厂，当上了学徒工。

因为在旧社会受了不少苦，所以赵梦桃非常珍惜来之不易的新生活，一进工厂，就表现得与众不同。

为了掌握过硬的生产技术，无论开会、参观还是休养，她的两只手从不闲着，她只要有时间就苦练操作技术。

1952年5月，陕西西北国棉一厂正式开工，赵梦桃当上了细纱挡车工，正式加入了工人阶级的行列。

此时，全国纺织行业正在大力推行"郝建秀工作法"，赵梦桃一上车就像上足了发条的钟表，不知疲倦地工作者。

"好好地干！苦干！大干！"成了她的口头禅。

她运用郝建秀的工作法，别人一个巡回需要3至5分钟，她却只用2分50秒就干完；别人在车头、车尾寻找着机会说话、偷懒，她却在上厕所的时候都比别人跑得快。

不久，赵梦桃就全面掌握了操作技术，成了熟练的挡车工。在全厂学习"郝建秀工作法"活动中，她以最优异的成绩第一个戴上了"郝建秀红围腰"。

为了响应党发展生产的号召，赵梦桃要求独自管一台纺织车。看车3个月后，她的看台能力由50锭提高到200锭，年终她被评为先进工作者。

进厂不到两年，她就创造了每小时千锭断头只有55根、皮辊花率1.89%的好成绩。

1953年6月，厂党委发出扩台扩锭的号召，赵梦桃第一个站起来响应，主动大胆地承担了看600锭的任务。

许多姐妹们见此情况议论说："赵梦桃长两只手，咱也长两只手，人家为工人阶级争了气，咱也要求看600锭！"

但是，也有部分人私下里劝赵梦桃说："你无论是看200锭，还是看600锭都拿那么多工资，何必自找苦吃呢？"

赵梦桃回答道："不！俺现在不是为工资干活儿，我们工人阶级是国家的主人！多看锭子是为了建设咱们社会主义！"

赵梦桃正是以"国家主人"的高标准来要求自己，在"扩台扩锭"的号召中，看车能力从200锭扩大到600锭，将看车的生产效率提高了3倍。

赵梦桃不但以主人翁的态度劳动，而且以主人翁的态度关心、爱护国家财产。

当时，工厂里用来擦机器毛辊污垢的工具是工厂自己生产的一种短绒花，这些绒花沾水后，第二天就变得又干又硬，不能再用了。全车间工人每人一天需用3两，一年就浪费了1.5万多公斤短绒花。

赵梦桃看到每年工厂要浪费这么多短绒花非常着急，反复琢磨起怎样才能既把机器上的灰尘擦掉，又能把短绒花节约下来的方法。

最初，赵梦桃试着用唾沫沾湿了手去抹机器，毛辊是抹净了，可是哪有那么多唾沫呢？

一天早晨，赵梦桃打扫宿舍，用湿抹布擦窗子。擦着，擦着，瞧着那明净的玻璃窗，她心里一动："咦！用抹布代替短绒花不行吗？这抹布见水不硬，今天用，明天还能用！"

她高兴得差点跳了起来。到车间一试，抹布果然好用，这个办法很快推广了。仅此一项，她每年为工厂节约的棉花就达1200多公斤。

1953年，赵梦桃光荣地加入了中国共产党。从此，她更加严格地要求自己。

只要有新女工调来她所在的小组挡车，赵梦桃总是主动把好用的纺纱车让给她们。她先后11次跟别人换车，帮助17位姐妹成为企业的先进工作者。

在一次开会期间，她首先学会了用双手掭皮辊花，便立即把这个先进经验传授给其他伙伴，使之在全厂和陕西省的各个纺织厂开花结果。她还总结创造了《细纱巡回清洁检查工作法》，实现了自己"一定要把技术变成集体的财富"的心愿。

在赵梦桃的带动下，她所在的小组"人人当先进、个个争劳模"，不久就成为纺织战线的一面旗帜。

"郝建秀工作法"不仅在北方开花结果，而且还传遍了祖国的大江南北。

在江苏省无锡市振新纺织厂，17岁的年轻姑娘章瑞英听到郝建秀的事迹后，受到极大的启发和鼓舞。她决心像郝建秀那样去从事创造性的劳动，走技术革新的路，为我国的增产节约作贡献。

章瑞英生于1934年，11岁开始在无锡市振新纺织厂当穿筘童工，新中国成立前，章瑞英虽然已经掌握了一定的技术，但是一直拿不到正式工人的工资。直到无锡解放后，她才被提升为穿筘工人，才有了发挥才能的机会。

1951年，全国的增产节约运动开始后，章瑞英不断开动脑筋，研究改进操作方法。

1952年，在郝建秀的事迹鼓舞下，章瑞英创造了4根穿筘工作法，比原来的2根穿筘法效率提高了75%。1954年，她超额完成了生产计划；1955年，又提前22天完成了国家计划。

章瑞英没有满足于取得的这些成绩，对自己的要求越来越高。

穿筘工序过去一直由双人操作，既浪费人力，生产效率也低。章瑞英早就想对这道工序进行改革，将双人穿筘改为单人穿筘。

随着纺织工业的发展，穿练工效满足不了织布车间的需要，改革过去的那种效率低的工序就显得非常迫切了。

为了早日创造出新的工作法，章瑞英到处拜师。

1956 年 2 月，章瑞英出席了江苏省先进生产者代表大会。在这次会上，她听说苏州苏纶纱厂正在试验单人穿筘，十分高兴。大会结束后，经厂领导同意，由一位车间主任陪她到苏州去进行了观摩学习。

回厂后，章瑞英便改进设备，进行试验。在试验中，她碰到了不少困难，双手常常累得抬不起来。

为了早日掌握单人穿筘的规律，章瑞英晚上回家后还把线结在床上练习。

1 个月后，章瑞英由穿 2 只盘头提高到 4 只。

1956 年 5 月，她学习了全国劳动模范杨波兰的先进经验，改进了穿筘方法。

1957 年，章瑞英创造了穿筘日产量 1.3 万根的全国最高纪录，提前 1 年零 4 个月完成了第一个五年计划。

1958 年 2 月，全国开展了声势浩大的学先进、赶先进的竞赛热潮。章瑞英一马当先提出要在第一季度达到日穿筘 1.5 万根的生产目标。

同一天里，章瑞英在召开的无锡市人民代表大会上，用这个指标向全国穿筘工人提出竞赛倡议。

3月11日，她的穿筘日产量超过了1.5万根，创造了全国的最高纪录，提前20天实现了自己提出的倡议。

时隔不久，工厂接受了生产一批府绸的任务。这种府绸分头密、综丝多，过去拈综丝采用的都是用4个指头，生产效率较低。

章瑞英想，能否使小拇指发挥作用？将4个指头拈综丝改为5个指头，这样就可以减少一个辅助动作。

起初，有人怀疑说："5个指头伸出来有长短，怎么能同时拍起4根综丝呢？"

章瑞英不怕困难，坚持试验下去。5个指头最短的是小拇指，让小拇指同时也能抽综丝确实困难。

在练习时，章瑞英的小拇指常常被磨破皮，一接触到纱线就疼得钻心，但她仍然继续练了下去。

1个月后，她终于熟练了，使日产量达到1.8万多根，又一次创造了纺织行业的新纪录，为国家的增产节约工作作出了新的贡献。

加工制造业进行发明创新

1951 年，随着"增产节约"运动的普遍开展，重庆钢铁公司的木工工人黄荣昌暗下决心，要在加工制造行业进行一次大革新，以求在增产节约运动中为祖国出力。

黄荣昌是重庆碚县人，1950 年重庆解放后，他考进了重庆钢铁厂土木科。他工作的木工房主要负责修理全厂几千户职工的宿舍和数十幢厂房，同时还负责制造全体职工的家具用品。

由于任务繁重，黄荣昌和他的 120 多个工友们虽然起早摸黑地干，但还是完不成木工房的任务。在这种情况下，有些木工活不得不包给厂外的木工去做。

黄荣昌看到这种情况非常着急，但他自己学木工的时间也不长，经验不多，因此也没有其他的办法。他唯一的办法只有积极工作，埋头苦干。

但是，黄荣昌是个干活儿喜欢琢磨的人。1951 年，当全国性的增产节约运动开展起来后，黄荣昌今天听说这里创了新纪录，明天又听说那里创了更高的纪录，只有他们行业没有一点儿动静，心里很是着急。

经过长时间的思考，他决心革掉斧头、刨子的命，使木工操作实现机械化。

当时，我国的木工技术十分落后，工人干活儿全靠手工操作，使用的都是斧头、刨子等简单的手工工具。使用这些工具不仅劳动强度大，而且效率很低。黄荣昌尽管拼命地干，可是比起车工用机床干，还是要慢许多倍。

由于长期干木工活，黄荣昌发现他们每次在锯木头时的工作是最繁重和劳累的，于是他便琢磨着想要研制一台锯木机。

有一天，黄荣昌经过钢条车间，偶然朝里面望了望，只见一根很长的火红的钢条像飞似的从他眼前冲过去，把他吓了一跳，但又见那根钢条经过一个机器时，"喀"的一声就被分成了两截。

黄荣昌心里突然一动："那么重、那么粗的钢条，都能一下子被机器切成两截，木头为什么不能一下子被切断呢？"

他想起在电影里看见苏联的农民都是用机器种地，还听说在苏联样样都用机器，那么，木头一定也是用机器切了，自己为什么不试着做一个锯木头的机器呢？

再一想，他又觉得困难太多，自己连机器都没见过，怎么造呢？

但另一种思想立刻又支配了黄荣昌："机器是工人造的，我也是个工人，别人能造机器，我为什么不能？"

萌发这种思想后，黄荣昌每天走过钢条车间时，都要站着仔细看一会儿。经过多次观察，他发现那个钢锯和木锯一样，只是形状是圆的，便想自己仿着做一个。

可是，当他把自己的想法告诉工友们后，立刻遭到了一些思想守旧人的议论。

有人说："木工能造机器，那祖祖辈辈的老木匠都是傻子？"

也有人说："要是木匠都能创造机器，那机器匠就不值钱了？"

还有些人说他"有神经病"，是"打懒主意""不务正业"等。

黄荣昌听了这些议论后心里十分难过，但他没有放弃，又找到厂党委和工会的干部，把自己的想法说了出来。

党组织和干部们听了他的设想后，非常高兴，都非常支持他，并鼓励他说："你尽管大胆地干，只要依靠党，依靠群众，就一定能创造成功。"

有了领导的支持和鼓励，黄荣昌创造锯木机的信心坚定了，干劲儿也更足了。

他说："几千年前鲁班发明了斧头、刨子，我们今天总比鲁班强得多，只要肯干，不要说一部机器，就是十部、百部机器也能造出来！"

同年5月，志愿军归国代表团钢铁厂作报告。他们说志愿军在前线，为了保证顺利完成运输任务，在没有物资、没有技术指导的困难条件下，动脑筋，利用废弹壳做风箱，利用废弹片做零件，把废汽油桶、废炮筒改做成各种工具，修好了汽车，还建立起很完备的汽车修理厂。

　　代表团的报告使黄荣昌坚定了一定要成功研制锯木机的信心，他想，在炼钢厂附近的废铁、废钢堆得很多，样样都有，为什么不去利用一下呢？

　　这样想了之后，一有空，黄荣昌就往废铁堆里跑，把可用的牙轮、轴心轮盘、滚轴都捡了回来。

　　但是，光有材料，没有工具还是不行，工会主席刘光道知道以后，就给黄荣昌找来了一套钳工工具。

　　夜里，黄荣昌留在车间用锉刀一刀一刀地锉柱心板，累了就躺在刨花上歇一会儿，缓过劲儿来又继续干。

　　像磨绣花针一样，经过几天的努力，他总算磨出了一个轴心，飞轮也设法收拾好了，可准备试验时，却没有皮带。

　　黄荣昌想了想，用棕绳编成带子。等一切都弄妥当了，他发现还缺少一个重要部件，那就是马达，从哪里弄马达呢？

　　黄荣昌想起乡下有河水的地方常用水推磨，可不可以用水打着圆锯转呢？他琢磨着，找了根水管，可是那水的力量很小，浇上去，机器连动都不动。他又想，水管不行，安个手把，用手摇行不行呢？

　　这样做，机器是动了，但是摇半天才能锯下一根木头来，而且非常费劲儿。

　　黄荣昌考虑了好久，又发现原来飞轮放在圆锯的心子上了，如果飞轮和圆锯离得远些，效果则可能会好一些。这样改了以后，机器果然灵活多了，效率也比人工快两倍。

手摇圆锯机造成以后，木工房的人都乐开了，但乐了没两天，机器就用坏了。

黄荣昌想再做一个，这时有人建议说："如果把手摇的改成脚踏的，不是更好一点儿吗？"

工友的话启示了黄荣昌，他又想起党委组织干事宋计田和工会主席对自己说的话："党和工会是永远支持你的！"

黄荣昌下决心要把圆锯修复好。经过很多个晚上的摸索和钻研，他和几个工友总算把手摇圆锯机改成了脚踏圆锯机。

这样一改，用圆锯机锯木头的工作效率提高了 4 倍。

黄荣昌终于实现了他想要在自己的行业里进行创新的目标，虽然这部手摇锯木机十分简单，但它对我国木工由手工操作进到机械操作迈出了可喜的第一步。

这两部机器创造成功以后，黄荣昌的信心更坚定了，他觉得：只要有决心，肯动脑筋，依靠党、依靠群众，一切困难都可以克服。

一天，黄荣昌看到火车轮的轴盘推动着车身前进，他忽然想到：如果把许多锯刀连在一起装上车轮，用马达带动锯片，一定能一下子锯 10 多块木板。

但是，摆黄荣昌眼前的又是一大堆问题，因为他不熟悉机器的性能，所以没有办法把许多锯刀组装在一起。

为此，黄荣昌找到了一个有20多年工龄的老技术工人徐占荣，把自己的想法一五一十地告诉了他，并且把机器的草图画给他看。

徐占荣看了黄荣昌画的草图很高兴，说："把机器加上一个地轴、一个偏心，用一个20匹马力的马达就带动了。"

徐占荣还告诉黄荣昌如何安装、如何计算速度，又教给他简单的交流电、直流电的常识。

从这以后，黄荣昌在安装中碰到什么困难就去找徐占荣帮助，徐占荣也非常愿意给黄荣昌讲解。

有一天，黄荣昌所在的工厂里开欢迎新工人的娱乐晚会，他也去了，但因为他当时正在考虑着某一个轮盘的安装法，没心思看戏。

正当黄荣昌呆呆地望着在晚会中负责打锣的同志时，他从打锣人的姿态上得到了启发，一下子把安装机器的办法找出来了。

黄荣昌也顾不得听戏了，抬起腿就往木工房跑。他要开始安装机器了，但安装机器必须在地下挖一个5米长、2米宽、3米深的大坑。

没有挖土的工具，他就用钢锹代替锄头，用废铁皮做簸箕，用绳子系着拉出去倒掉。

拉土时，粗粗的绳子把黄荣昌背上的皮擦破了，火辣辣地疼，他想，在朝鲜的志愿军战士英勇杀敌、流血牺牲，自己擦破点儿皮算得了什么？

经过几个晚上的努力，黄荣昌终于把一台新型的锯木机组装完毕。

正式试机的日子终于到了，木工房里站满了人。黄荣昌心里很紧张，生怕出事。他一按电门，只见马达拉着飞轮，轰隆隆地转了起来，锯片转得很快，每分钟转了900下，连地都动了起来。

锯木机的巨大威力吓得许多人直往木工房外跑，这么快的转速，谁敢拿木头往上面放呢？

黄荣昌吓得脸都青了，急忙把电门关了，去找徐占荣问原因。

徐占荣毕竟是老技术员，了解了事情的经过后，建议黄荣昌把皮带轮改小，使机器每分钟转300下就可以了。

黄荣昌回去后，按照徐占荣教他的方法进行了改动，终于使机器转动正常了。

黄荣昌将锯木机改造完成后，再把木料往机器上一放，一转眼，出来的就是整整齐齐的板子了。

黄荣昌研制出来的机器再次得到了人们的认可，厂里的人给计算了一下，这个机器比人工操作要快75倍，质量合格率达到98%。

1952年7月1日，这一部圆锯机用马达带动着正式参加了生产，为工厂节约了不少人力和物力。

机器造好后，黄荣昌又想少数几个人的力量是有限的，应该发动全小组的工人一起来干才好。

为了学习先进经验，他和木工房的工人一同到七〇一厂去参观。回来的路上，他们决定制造一部断料机、一部钻眼机和一部梭梢机，作为向同年国庆节的献礼。

由于他们分工合作，不到国庆，就提前完成了这些任务。

1952年中苏友好月，黄荣昌和工友们成功地制造了一部落尖机，以后又制造了双行车圆锯、拉槽机等，大大提高了生产效率。

黄荣昌创造的大带锯，比手工操作的效率提高了78倍，落尖机、双行车圆锯、采铆机等提高效率11倍，为木工行业的节能生产作出了巨大的贡献。

在加工制造行业，与黄荣昌一样为国家作出重大贡献的，还有一个叫王崇伦的工人发明家。

他因成功地创造了"万能工具胎"与黄荣昌齐头并进，被人们誉为"走在时间前面的人"。

毛主席还曾称赞王崇伦是"青年的榜样"。

王崇伦是辽宁省辽阳县人。1948年，鞍山解放后，王崇伦在鞍钢机修总厂青年工具车间当了刨床工人。

美国发动侵朝战争后，王崇伦所在的工厂承担了重要的军工生产任务，给志愿军空军加工一批飞机副油箱上用的"拉杆"零件。这种零件不仅需要量大，而且要得急。

可是这个工厂当时只能用铣床加工，一次又只能加工一根，效率太低，工人们都很着急。为了解决铣床不足的问题，王崇伦提出用刨床加工。

在工人和技术人员的帮助下，他终于改革成功了一种新卡具。他把这种新卡具装在刨床上，不仅能加工，而且一次能加工4根。

新卡具在车间推广后，一天多就完成了500多根，而且全部达到了一级品的标准。就在新卡具创造成功后不久，1952年10月，他光荣地加入了中国共产党。

1953年，我国开始了第一个五年计划，鞍钢的生产建设在突飞猛进的发展。就在这时，鞍钢矿山生产一线告急：大批凿岩机因缺少备件卡动器，而被迫停止作业。

卡动器是凿岩机上的零件，当时我国还不会制造，只能花外汇进口。

试制卡动器的特殊任务最终落在王崇伦所在的工具车间。试制刚刚开始，他们就遇到了"拦路虎"。

第一道工序的车床加工只需45分钟就能加工一个，而第二道工序插床加工一个却要两个半小时。全车间只有一台插床，它工作时，其他铣床、磨床、刨床就只能待工。这样就严重影响了生产进度，造成大批半成品积压。

当厂长、车间主任都在为插床的低效急得团团转时，王崇伦又悄悄地搞起了攻关。

他大胆地构想用刨床代替插床，制作了一个圆筒形的工具胎，把插床的垂直切削转变成刨床的水平切削。

半个月后，双颊凹陷的王崇伦把特殊工具胎的图纸展现在车间领导面前。这个工具胎外壳酷似一台小电动机，由40多个零件组成，工件可以固定在套子中，旋转360度，任意选择加工角度。

原来的插床只能一次加工一个工件，而工件置放在工具胎内，刨床可以成摆切削，就像穿糖葫芦一样方便。

大家对王崇伦的奇思妙想赞不绝口。

在车间领导的大力支持下，几天之后，一个新的工具胎安置在了王崇伦的刨床上。

试车这天，数百人前来观看。当第一批工件加工完毕之时，计时人宣布：

加工一个卡动器耗时仅45分钟。

更让在场人震惊的是，以往加工凿岩机的40多个零件，每加工一种零件都得制作一套专用的卡具，而这个工具胎竟能全部取而代之。经过一番集思广益，王崇伦创造的这一独特工具胎被命名为"万能工具胎"。

王崇伦继续攻关夺隘，加工卡动器的纪录连连取得新突破，由45分钟提高到30分钟，最后提高到19分钟，相当于最初效率的6至7倍，他操作的"牛头刨"成了"千里马"。

凭着"万能工具胎"，王崇伦在同时间赛跑的过程中不断创出奇迹。1953年一年他完成了4年又17天的工作量，被评为鞍山市工业特等劳动模范，被誉为"走在时间前面的人"。

这年，他只有 26 岁。

1954 年 1 月 19 日，《中国青年报》发表了题为《让更多的青年工人在先进人物的带动下前进》的社论。

1954 年 2 月 8 日，《人民日报》发表了题为《发扬王崇伦的工作精神，提前完成国家计划》的社论。

1954 年 2 月 14 日，《工人日报》发表了题为《学习王崇伦的先进榜样》的社论。

同年，团中央专门组织了一次首都青年工人与王崇伦会面大会。时任团中央书记的胡耀邦在大会上作了题为《人人都可以做一个先进工作者》的讲话。

这一年，王崇伦的事迹被编入了小学生语文课本，"万能工具胎"的图片还被印成邮票。

1954 年初，全国工业战线相继涌现出的一批有影响力的技术革新能手，应中华全国总工会的邀请，聚会首都北京，座谈讨论如何为实现第一个五年计划作出更多新贡献，王崇伦提出了联名向中华全国总工会建议，在全国开展技术革新运动。他的想法得到了张明山、唐立言、黄荣昌、刘祖威、朱顺余、傅景文的一致赞同。

不久，由王崇伦执笔的 7 人联名建议信送到了中华全国总工会主席的手中。中华全国总工会对这封具有特殊价值的建议信进行了专题研究，并于同年 4 月下发了《关于在全国范围内开展技术革新运动的决定》。

此后，一个群众性的技术革新运动在长城内外，大江南北蓬勃兴起。当年 9 月，王崇伦光荣地当选为第一届全国人民代表大会代表。

1955 年，王崇伦所在的工具车间被团中央命名为"青年工具车间"。翌年，王崇伦被提任为该车间生产副主任。同年，中国科学院辽宁省分院聘任王崇伦为特别研究员。

1956 年，王崇伦被授予全国先进生产者。

1959 年初，王崇伦找到老英雄孟泰和盘托出组织全鞍钢能工巧匠开展大规模技术协作活动的设想。两位忘年交的劳动模范一拍即合。经过两人的精心筹划，年底，鞍钢拥有了一支以劳动模范、先进人物为骨干的技术协作队伍。

每逢星期天，他家门前都会停放一排自行车。来自各厂矿的"刀具大王""焊接大王""吊装大王"纷至沓来，经过一番切磋交流，不久一场场技术攻坚战便打响了。王崇伦的家成了能工巧匠交流聚会的"据点"，这个鞍钢技协骨干最热闹的"据点"一直热闹了近 20 年，直至王崇伦调离鞍钢。

1959 年 4 月，王崇伦当选第二届全国人民代表大会代表。同年，王崇伦应邀参加辽宁省机械工业先进技术表演观摩队，先后到沈阳、丹东、本溪等 23 家企业进行技术交流。王崇伦利用交流空隙时间为 12 家企业解决了 15 项技术难题，各单位纷纷致信鞍山市、鞍钢，盛赞王崇伦的高尚精神和高超技艺。

1959 年，王崇伦出席全国群英会，再度被授予全国先进生产者。会议期间，他受到毛泽东、刘少奇、周恩来、朱德、邓小平等党和国家领导人的亲切接见。

由于王崇伦的特殊重大贡献，从 1954 年到 1959 年，他先后 14 次受到党和国家领导人的亲切接见。

20 世纪 60 年代初，我国遭受连续三年自然灾害，苏联政府撕毁合同，撤走专家，停止对我国供应大型轧钢机轧辊，鞍钢各轧钢厂面临停产的威胁。在这严峻的关头，王崇伦与孟泰主动请缨，承担组织研制大轧辊的攻关任务。

在他俩的领导之下，500 多名由干部、工程技术人员、能工巧匠组成的技协积极分子众志成城，从炼铁、炼钢到铸造形成了一条龙跨厂际联合攻关的队伍。

攻关队伍历时一年之久，先后突破 10 多项重要技术难题，终于试制成功大型轧辊，填补了我国冶金史上的一项空白。此项重大成果轰动了全国冶金战线，被誉为"鞍钢谱写的一曲自力更生的凯歌"。

1960 年 7 月 17 日，王崇伦被破格晋升为工程师。1962 年 11 月，王崇伦被提任鞍钢机修总厂北部机修厂副厂长。

1964 年 12 月，王崇伦当选第三届全国人民代表大会代表。

建筑业创造高效建房新方法

1951年初，全国性的生产劳动竞赛和增产节约运动展开后，东北工业部建设工程公司哈尔滨工程处瓦工班班长苏长有创造了分段连续砌砖法，为国家解决了建筑业缺乏技术工人的问题，将工作的生产效率提高了128%。

苏长有出生在辽宁沈阳的一个穷人家庭。1949年，本溪铁矿公司招建筑工人，苏长有应聘当了工人。

1951年2月，已经是建筑工地瓦工班班长的苏长有和他的瓦工班被调到哈尔滨工程处。

当时，东北地区修建任务十分繁重，国家缺乏大量建筑技术人才。可一些技术工人思想比较保守，不肯将自己的技术传给别人。再加上当时实行的是计件工资，一些技术工人嫌学徒工手艺差，怕影响自己的收入，所以都不肯收徒弟。这种状况大大影响了各项建筑工程的进展。

在这种情况下，苏长有第一个站了出来，要以国家主人翁的姿态，创造出一种先进的砌砖工作法，以解决国家的建设需要。

在哈尔滨，苏长有和他的瓦工班接受的任务是，要在两个月内完成7栋楼房的砌砖任务，砌砖量约250万块。而他的瓦工班 21 个人中只有 3 个是一等瓦工，其他都是学徒，还不会砌砖。他们要完成这么艰巨的任务，困难很大。

就在苏长有一筹莫展的时候，他听说哈尔滨亚麻厂正在推广从苏联传过来的"三段砌砖法"，便亲自去亚麻厂学习。

苏长有到亚麻厂参观学习后，发现用这种"三段砌砖法"培养学徒工，既能解决技术人才缺乏的问题，还可以提高生产效益。于是，他便决定学习和试行这种方法。

苏长有回到工地，立即找到瓦工小队长，表示自己要带一批学徒工试行这种"三段砌砖法"。

小队长同意了苏长有的要求，并派出 7 个学徒工给他带。

第二天，苏长有便带着这 7 个学徒工上了工地。

苏长有手把手地教这几个学徒他在亚麻厂学到的"三段砌砖法"，在他们的共同努力下，他们以 5 个小时共砌砖 3700 块的高速度超过了当时工业部规定的定额，同时，他们的砌砖质量也达到了设计的要求。

苏长有首次带徒弟的成功，使原先那些不肯带学徒工的人受到了教育，那 7 名学徒工也很快被分到正式的生产小组中去工作了。

但是，那些老工人虽收了学徒工，采用的操作方法却还是老一套。他们将好手分在两头，把学徒工和技术

工业战线行动

差的夹在中间，好手砌 60 多块，学徒工才砌 10 多块。

这些学徒工为了赶上去，手忙脚乱，数量上不去，质量也无保证，惹得那些老工人干着急。

原来，旧的砌砖法在砌砖时，一等瓦工都是单干的，他们一手包做了拌灰、铲灰、选砖、拿砖、填心、灌浆等非技术性的工作。几个一等瓦工挤在一条线上砌墙，必须大家都砌完一条线时才能重新挂线。而苏长有学习的苏联"三段砌砖法"是分段来砌，砌了这一段再砌那一段，由一个一等瓦工带领一个二等瓦工和两个徒工，编成一个小组，专砌一条线。

苏长有见老工人的砌砖法不行，便决定将苏联的"三段砌砖法"结合自己的实践改造一下。

他采取合理的组织分工，规定有的人专管砌外皮，有的人专管砌内皮，摆砖、铲灰、填心、灌浆、挑砖、和灰等工作都固定专人做。这样，每个人的工作固定、单纯而有节奏，质量有保证，还可以减轻疲劳。

新的砌砖方法试行的头两天，虽说工人们还不熟练，可是仍然取得了好成绩，平均每人每天超过定额 110 块。几天后，新方法逐渐被工人们掌握，平均每天超过定额 50%，最高纪录超过定额 128%，取得了有史以来的砌砖突破。

在苏长有带领下的瓦工们取得了好的成绩后，公司领导立即组织技术人员总结出"苏长有砌砖法"，并在全公司推广。

苏长有创造的分段连续砌砖法，是一种科学的分工合作的方法。它将分散的个体手工生产，经过科学的分工，合理地组织起来，因而对提高工人的集体观念、提高劳动生产率、保证质量、培养技术工人，都发挥了巨大作用，为国家创造了大量的财富。

过去，这个工程公司的瓦工每天的定额是完成砌砖833块，很多不熟悉的瓦工都无法完成这个定额。可自从全公司推广了"苏长有砌砖法"后，公司平均每人每天达到了1900块，大大地超过了定额。

不仅如此，"苏长有砌砖法"还被其他工序采纳，木工组的工人们运用这种方法后将效率提高了300%，成品质量达到100%；抹灰小组的工人们运用这种砌砖法后也将效率提高了60%。

"苏长有砌砖法"对工程质量的提高也有很大的作用，因为在工作上各负专责，每个人都重复着固定的单纯的操作，技术容易熟练。因而，这种砌砖法可以不断地提高工程质量。

这种砌砖法还为培养技术工人创造了便利条件。过去学徒学习技术，没人教，只能看，不能实际操作，进步很慢。

使用新砌砖法后，学徒和师傅一起参加操作，待供灰、供砖、填心、灌浆、使用工具、拿砖等工序工作操作熟练后，就可以开始砌里皮，以至砌外皮。

这样，一个徒工就能够很快地从实际工作中锻炼成一个熟练的技术工人。

不仅如此，"苏长有砌砖法"还启发了其他工程解放思想，合理地改进劳动组织。如后来出现的木工流水作业法、抹灰流水作业法等先进操作法，就是在"苏长有砌砖法"的启发下改进和创造出来的。可以说，苏长有创造的先进工作法，为新中国的建筑业科学地组织劳动力开创了一条新路。

由于"苏长有砌砖法"的巨大效益，使苏长有小组的劳动组织形式和工作方法很快在全中国得到了推广，苏长有也因此而闻名全国，先后被选为东北工业部建设工程公司劳动模范和哈尔滨市的人大代表。

1951 年 10 月国庆节，他被选为增产节约的标兵进京观礼。在北京，他受到了毛泽东、周恩来等中央领导的亲切接见。

当苏长有站在天安门城楼上幸福地接受党和国家领导人的接见时，有一个 16 岁的青年刚刚才成为建筑行业的一员。

然而，正是这个初出茅庐的年轻人，仅仅在四五年后，就带领一支建筑行业的青年突击队，创造了建筑方面的新工具 20 多种，提出了建筑工地的合理化建议 100 多项，为我国建筑行业的高产、优质、安全、低成本，作出了巨大的贡献。

这个年轻人叫张百发，河北香河人，1935 年出生在一个贫农家庭。1948 年，13 岁的他跟着父亲离开老家香河农村，在北京贡院西街 8 号落脚。1951 年，他当上了钢筋学徒工。

张百发当上建筑工人后，组织上对他十分关心，先后送他去团校和党校学习。在他 19 岁那一年，党又派他到苏联去学习建筑技术。

1954 年，北京市木工胡耀林和几个青年工人组织了一个突击队，生产效率提高得很快。这给张百发很大的启发。他就去找组织，提出想成立青年突击队。组织上见他决心很大，就同意了他的要求。

这年春天，"张百发钢筋工青年突击队"成立了，19 岁的张百发担任了突击队队长。

突击队刚成立，就经受了一次严峻的考验。这对于这支年轻的突击队的发展、壮大，不断创造奇迹都具有重要作用。

当时，建筑队的钢筋活不多，上级就分配他们在一处民用建筑工地上刨土方、挖臭沟、干壮工活。

开始，突击队的队员们干得还很起劲儿，不断突破定额。没过几天，他们就累得腰酸背疼，手上磨出来了血泡。这时人心浮动，有人不想干下去了。组织上及时地教育他们：

　　党号召建立青年突击队，是为了使青年在社会主义建设中起突击作用。

张百发听了领导的话，立即召集队员讨论建立青年突击队的目的和意义。通过讨论，队员们的思想觉悟大大提高。队员们表示：碰到困难就挑挑拣拣，找退路，算不上是青年突击队。

第二天，张百发带领队员们又开赴工地，他第一个跳进臭水沟里去挖臭泥。队员们见队长带头，一个个争先恐后地往下跳。臭水臭泥呛得人难受，可是再没有一个人叫苦叫累，直到全部完成了任务。

这一仗培养了队员们敢打敢拼、不怕困难、英勇战斗的好作风。从此，这种好作风就成了这支突击队的队风。上级分配任务后，不管有多大困难，条件多么艰苦，张百发带领他的突击队总是又快又好地完成任务。

后来，公司将建筑北京电影影片洗印厂的任务交给了张百发和他的突击队。这项工程钢筋活特别多，规格复杂，采用过去用铁丝绑扎的办法不仅浪费原材料，而且还可能延误工期。张百发为此心里十分着急，提出改用电焊焊接。

可是，突击队里没有电焊工。在困难面前，张百发不等不靠，带头领着队员学习电焊技术，起初因没有经验，没戴面罩，眼睛被电弧光闪得通红，夜里疼得睡不着。但这些都没有难倒他们，第二天他们忍痛继续练习，3天后，他和队员们就初步掌握了电焊技术，大大加快了绑扎速度，仅这一项工程就给国家节约钢材36吨。

为了适应国家建筑行业的发展，张百发带领队员们苦练基本功，努力掌握多种技术，他们提出："身为钢筋工，样样都学通，学成多面手，永远不窝工！"

1956年，他带领队员们学习和创造了新工具20多种，提出了100多项合理化建议，学会了使用加工钢筋绑扎的多种机器，迅速地摆脱了抡大锤、用手搬等重体力操作。

张百发带领他的突击队先后转战30多个工地，参加过900多项工程建设，每次都做到高产、优质、安全、低成本，全面地完成了任务。

这个队敢打敢拼、敢打硬仗的作风，在冬季施工时表现得尤为突出。有一年冬天，北京市建筑系统学习苏联冬季施工的先进经验，公司党委调张百发和他的突击队去闯头一关。

当时在友谊宾馆施工，气温下降到零下10多摄氏度，他们冒着严寒，迎着刺骨的北风，一个个仍精神抖擞地在工地干活儿。

有一天，他们正在7层楼上作业，刚下过大雪又刮起了西北风，气温陡降到零下20多摄氏度，不少人手冻僵了，腿冻麻了，可是谁也没有叫苦。

张百发鼓励队员们经受考验，战胜严寒，最终他们出色地完成了任务，打响了冬季施工的第一炮，为全北京市开展冬季施工，闯出了一条新路。

1958年修建人民大会堂时，张百发和他的突击队又一次经受了考验。那时，张百发和他的突击队接受了一项任务，是和另一支突击队一起，必须在 10 天之内绑扎完 680 吨的基础钢筋。

两支突击队加起来人员说有 300 多人，可是其中有 200 多人是壮工，技术工人还不足三分之一，任务相当艰巨。

张百发没有被困难吓倒。他把工人们召集到一起，发动他们首先讨论建设人民大会堂的意义；随后又做了合理的分工，提出"一个技工顶 10 人，一个技工带 10 人"的口号。

当时气温虽然下降到零下 15 摄氏度，可没有一个人叫苦。他们苦战了 9 昼夜，终于提前一天完成了任务。

当人民大会堂工程进入装修期，钢筋活不多了，张百发又带领队员们当"多面手"：有的人去学盘炉打铁，有的去学铺铁轨，有的去学电焊，有的去学挂琉璃瓦……队员们学会了电焊、气焊，浇灌混凝土、安装水暖等 19 种技术，平均每人会 6 种手艺，都成了"多面手"。

在人民大会堂会战的整个过程中，张百发和他的突击队一共接受了 142 项任务，每项任务都超额完成了，最多的超额 3 倍多。

在 1959 年召开全国群英会时，张百发的突击队再一次被授予"全国先进集体"的称号。

煤炭行业创造高效挖掘新方法

1951 年，随着工业战线上各行各业出现的增产节约运动的兴起，大同矿务局采煤工人马六孩凭着多年的采煤经验，率领快速采煤掘进组，突破了月进 300 米的大关，超过定额 151%，创造了全国掘进最高纪录，为国家增产节约运动作出了巨大贡献。

马六孩是山西省大同人，从 8 岁起便开始下煤窑背炭。1949 年大同解放，马六孩成了矿山的主人，从此浑身有使不完的劲儿。

建国初期，他和另一名矿工连万录一起，向矿领导提出建立交接班责任制度的合理化建议。他们的建议被采纳，对当时搞好矿山经营管理起了很大作用。

马六孩凭多年的采煤经验，钻研出打眼放炮时要看煤的绽纹，拉底槽、拉立槽要从软面开口等方法，和同一掘进组的工友一起创造了日掘 1.36 米的好成绩，相当于生产定额的两倍多。

1950 年，他光荣地出席了全国工农兵劳动模范代表会议，见到了毛主席。

马六孩参加劳模大会后，更加积极工作，干什么活儿都冲在前面。当时，白洞井是用手工开采的小煤矿，采用落后的"自然陷落法采煤"。

1950 年第四季度，这个矿试行"分层后退长臂式采煤法"。

此时，新采区有 4 个组，马六孩和连万录领导大家采第一组。新法采煤在开始时，生产效率低，每工定额是两吨半，实际仅达到 1.6 吨。

马六孩发动大家动脑筋，想办法，结果提出了许多好建议，很快平均每工效率达到了 3.16 吨，并节省了雷管、导火线等很多器材。

1950 年 12 月，领导为了培养马六孩和连万录掌握机械掘进技术，把他们调到三矿"五○一"水巷搞掘进。

"五○一"水巷的自然条件恶劣，淋头水特别大，干活儿时水就往耳朵和脖子里面灌，脚下积水也有两寸深，干活儿时躺在底板上刨根，半个身子都泡在水里。

可是，就在这样的环境下，马六孩和工友们仅用 27 天的时间就完成了打通"五○一"水巷的任务，为机械化采煤创造了条件。

实行机械化采煤后，采煤效率提高了，可是他们碰到了一个十分伤脑筋的问题，就是每放一炮，要等炮烟消散后，大家才能进去运煤，采煤工人要等煤运完才能继续打眼。因此，生产进度很慢，每月只能进 30 到40 米。

马六孩懂得多出煤、快出煤的重要性，便积极想办法解决这一问题。

1951 年 3 月，他们试验了"多孔道""双孔道""单孔道"等多种快速掘进法。最后证明，"两个半孔道掘进法"最合理。

他们在使用了这个工作法后，有效地克服了过去互相等待、浪费人工的现象，创造了月掘进 479.88 米的全国最高纪录。

他们的经验，以"马六孩多孔道循环掘进工作法"为名在全国煤矿生产中大力推广，对全国煤矿单位的生产发展起到了很大的推动作用。

其中，大同、山东、京西、阳泉、焦作、井陉等 8 个矿务局、112 个掘进队组在推广了他们的经验后，平均每月进度提高了 22% 到 167%。

马六孩和工友们并不满足所取得的成绩，而是时时虚心学习各矿的先进经验。

有一次，他们组的一名工人到北戴河休养，听兄弟矿的同志介绍说，深孔作业一茬炮进尺可达到 2 米。这名工人回矿后，他们就马上搞试验，经过多次摸索改进，每茬炮前进了 1.8 到 2 米。在这个基础上，他们又在技术人员的帮助下，放一茬炮最高进尺达到 2.4 米。

在推广经验时，他们发现了不少问题没有解决，如各工种职责虽划清了，但只分工不合作；交接班在井上进行，每次要浪费一个小时；工具不够用，影响作业等。

1952 年 4 月，马六孩和工友们在继续推广中再次解决了这些问题，掘进速度飞快提高，每日的掘进任务达到了 25 米，并创造了日进 27.2 米的纪录，为煤炭增产一炮达到 1.136 万吨。

在以后的日子里，马六孩及其快速掘进小组又先后创造了"马六孩循环作业""深孔作业""运搬机械化"等先进操作技术，由此取得了月进 1300 多米的惊人成绩。马六孩及其掘进小组不但月月超额完成生产任务，没有发生过重大事故；而且推广和创造了 54 项先进经验，并培养出 46 名干部和大量技术工人。

在河南焦作矿务局，有一名与马六孩身世相似、遭遇相似的矿工，在煤矿系统的增产节约运动中，也为国家作出了重大贡献。他和马六孩一样，也成为全国煤矿生产战线上的一面红旗。

这位矿工名叫刘九学，9 岁时就到河南焦作李封煤矿当童工，历尽各种苦难，"九学"之名也由此而来。

1948 年焦作煤矿解放了，刘九学怀着对党的感激之情，组建刘九学采煤队，并担任队长。

新中国成立前，矿工的生命安全没人管，经常发生伤亡事故，这些悲惨情景给刘九学留下了深刻的印象。

新中国成立后，为了使每个工人做到安全生产，刘九学带领全队建立了分工负责制。在分派工作时，他总是按照每个人的能力和特长安排生产，采取班前安排生产，班后进行检查，发现险情和事故苗头及时排除等措施，创造了 19 个月无伤亡事故，超额完成生产任务的出色成绩。

1950 年 6 月，刘九学采煤队的先进事迹被人们广为传颂，刘九学本人也受到全国煤矿管理总局的奖励，在当年9月的全国煤炭生产安全会议上，被命名为"安全生产模范"。同年，刘九学出席了全国工农兵劳动模范代表会议，被命名为"全国劳动模范"。

焦作矿区总结推广刘九学和他的采煤队的经验，在全矿区开展了"刘九学安全生产运动"，取得了很大的成绩。全矿伤亡率逐年下降，并出现了20多个千日无事故的小组。

刘九学当上劳动模范后，更加谦虚谨慎，经常对大家进行安全教育，不断总结经验教训，改进操作方法，战胜各种困难，完成生产任务。

1953年，李封矿推广苏联"长壁式分层采煤法"，开始实行机械化生产，刘九学首先响应。

在采煤面瓦斯浓度高、水多等艰苦环境下，刘九学带领队员认真学习先进经验和操作技术。他在生产中发现原煤成本高的原因是劳动力使用不合理，坑木消耗过大，工具没有严格的使用保管制度等。找到了原因，他便发动队员发扬艰苦奋斗的优良传统，处处精打细算，把24小时回收一次坑木缩短为16小时回收一次，缩短了坑木支撑时间，提高了回收和复用率，既为国家节约了木材，又降低了原煤成本，使煤的产量增加了两倍，坑木回收率提高了40%多。

1954年，刘九学大胆地采用了木板假顶大撑子采煤等先进经验，生产效率比1953年提高了14%，提前一个月完成了生产计划，为国家节约财富 30 多亿元，而且还消灭了死亡和重伤事故，轻伤也比过去减少了 70% 多。

1955 年，刘九学和他的采煤队成绩更加显著。为了给国家生产更多的煤炭，迎接 1956 年全国先进生产者代表会议，刘九学发动队员动脑筋、找窍门、提合理化建议，先后推广了 15 种先进采煤经验，提出并实现了 29 项合理化建议。

这些先进技术包括改进支架、多绳头回柱法等，战胜了顶板压力大、煤层厚度不均、煤墙片帮、涌水等技术难题，提前两个月超额完成国家计划，并提前一年完成了第一个五年计划，为我国的增产节约作出了重大的贡献。

铁路施行李锡奎调车法

1950 年 3 月，在东北铁路开展"红五月"的生产竞赛的活动中，中长铁路沈阳南站的调车员因发明"李锡奎调车法"，创造了 500 天没有发生任何事故的全国最新纪录，并超额完成生产任务。

李锡奎是辽宁省沈阳市人，小时父亲被日本宪兵抓去当劳工，被活活打死。他的母亲把家里仅有的一点儿东西卖掉，换回 30 个鸡蛋送给工头，把李锡奎送进铁路当了徒工，然后带着弟弟改嫁了。悲惨的遭遇在李锡奎幼小的心灵里打上了深深的烙印。

沈阳解放后，李锡奎成为沈阳车站的一名正式工人。1949 年 8 月，他加入了中国共产党。

1949 年 9 月，沈阳车站的工作虽然走上了正轨，可是事故仍然很多，运输任务总是不能按期完成。为了扭转这种状况，车站成立了一个由李锡奎为组长的青年调车组。

就在这一年的 10 月，东北铁路开展了一场轰轰烈烈的"铁牛运动"。李锡奎带领他的青年调车组出色地完成了调车任务，并首创 3 个月无事故的新纪录，全组荣获"模范青年调车组"的称号。

1950 年 3 月，在"铁牛运动"继续开展的同时，东北铁路又掀起了一场"红五月"的生产竞赛运动。

李锡奎感到，随着运输任务不断增加，只靠提高劳动强度是不能持久地完成任务的。在任务不断增加的压力下，李锡奎产生了改革旧的调车制度的愿望。

调车，就是将车站发往各地的零散的货车，在站内编成整列的列车，然后发往指定的车站。我国长期以来所采用的调车方法，是由计划车号员做出调车工作的计划，交给调度员调配车辆。

因为计划车号员本身能力有限，平时很难掌握现场的全面情况，所以做出的调车计划常常不切合实际。而调车员又只能机械地执行计划，就是发现了有什么不对的地方，也无权擅自改变。这就形成了一种"计划车号员包而不办，调车员调车工作被动"的现象，致使列车常常不能及时地编组和正点开出，造成车辆拥塞，影响了运输能力。

正当李锡奎产生改革旧调车法的愿望时，沈阳车站开始推广苏联的先进经验"粉笔调车法"。李锡奎十分高兴，并首先响应，但是推行了几次，均以失败告终。

车站的领导怕影响"红五月"劳动竞赛，对李锡奎学习和运用苏联经验也失去了信心。

可是李锡奎却丝毫没有动摇。当他带领调车组决定第三次再推行时，却遭到了领导的拒绝。

有人断言，苏联的经验在沈阳站行不通。李锡奎为此事10多天吃不下饭。后来，传来牡丹江推行成功的消息，这给李锡奎很大的鼓舞。

他想：问题的症结在于没有把苏联的先进经验同沈阳站的实际情况结合起来。

于是，他把全组工人集中在一起，经过认真研究，最后决定实行统一指挥和分工负责制，让每一个联结员负责一项工作，把大家掌握的情况向调车员汇报，调车员根据每个联结员汇报的情况，实行统一指挥，把列车编列或解体。

想出了好办法，大家的情绪高涨起来了。李锡奎根据每一个联结员的特长，实行按人"包地带""包限制车制""包路线"。

对于这种新的方法工作，人们普遍感到方便、速度快。由于分工明确，责任到人，大家的积极性都充分发挥出来了。

不久，他们又试行了好几种工作法：在每天上班前，将值班站长布置的工作记录记下来，作为工作的目标，把这种做法定成制度，称为"上班记录制度"；在调车途中，根据新出现的问题，随时研究工作计划和措施，定为"走会议制度"；为掌握调车场路线上车辆有多少，定了"线路检查制"；工作完了，及时召开"工作检查会"。

经过摸索，他们调车组形成了一套完整的工作方法，并将这些方法固定下来。这些方法的特点是，有严格的分工负责制、周密的计划性，从而大大缩短了非生产时间，做到不间断地工作。

李锡奎采用这些方法，在"红五月"的劳动竞赛中取得了优异成绩。

新方法实行 3 个月后，抗美援朝开始了。这时，沈阳车站的运输任务成倍增加。为了解决车辆拥塞，提高运输能力，车站领导在检查工作的时候，发现了李锡奎创造的这套先进工作法。但由于车站领导人们对这种调车法认识不统一，这种先进的方法未能得到推广。

李锡奎对此毫不灰心，一面工作，一面继续钻研，使这些方法日趋完善。

这时，李锡奎又学习了苏联古力也夫的"连续溜放调车法"、卡达也夫的"冬幸崩车法"、克拉斯维夫的"活用分类线工作法"、郭都哈尔的"列车解体照顾编组工作法"和"音响信号调车法"。

他在学习这些方法时，取其所长，将其优点融入自己的工作法中去。不久，"李锡奎调车法"作为一种先进的调车法终于诞生了。

李锡奎运用自己的调车法，每月都能超额一倍完成调车任务，并且创造了 500 天没有发生任何事故的全国最新纪录，用实践证实了"李锡奎调车法"的优越性。

1952 年 8 月，铁道部发布指示，在全国全面推广"李锡奎调车法"。从此，这种先进工作法得到了广泛的推广。在这一年召开的全国铁路劳动模范大会上，李锡奎被公认是全国最优秀的调车工作者，是全国铁路调车工作中的一面旗帜。在 1951 年和 1952 年沈阳市召开的劳动模范大会上，李锡奎均被选为劳动模范。

油脂工业创造榨油新纪录

1952年5月1日，吉林省四平胜利油厂一名普通的榨油工人，同毛泽东、朱德等党和国家领导人一起站在天安门城楼上，参加了五一节观礼。

朱德同志对他说："别看不起工厂小，破烂摊，它有很大的潜力，必须发挥创造精神来建设祖国。"

李川江说："我回厂后，一定和大家一起努力，进一步提高大豆出油率。"

李川江是山东省巨野县孙庄人，8岁时，因家乡发大水，全家闯关东来到吉林四平落户。

四平解放后，李川江到国营四平胜利油厂当上了一名榨油工人。

1950年初，东北地区首先开展了增产节约、创造新纪录运动。李川江想：马恒昌工作小组能在机械行业创造新纪录，我们油脂行业难道就不能创造新纪录吗？

为此，他向工厂领导提出要创造大豆每50公斤出油6公斤的新纪录，迎接新中国成立后的第一个五一国际劳动节。

李川江的提议立即遭到了厂内一些人的反对，他们说："现在的出油率已经超过伪满时期很多了，再多出油，就要累死人。"

李川江听了这些人的反对意见，启发他们说："我们和机械虽然不是同行，但隔行不隔理，大豆的含油率在17%到20%，我们才榨出10%呀，不能睁眼看着油留在豆饼里。再说，我们过去是给日本人、资本家干活儿，现在是给自己干活儿，就要拼命干！"

经过李川江的说服，大家一致同意"试一试"。

李川江边干活儿边注意总结经验，以便研究先进的工作方法。

经过长期的观察和总结，李川江发现了一个问题，就是他们在榨油时，天冷出油少，天暖出油多。

李川江立即想起"冷酒、热油"的道理。另外，他发现大豆的水分多时，就不好榨出油；而大豆的水分少时，榨出的油就多些。

有了这些发现，李川江赶紧找到领导建议在榨油的过程中，增加对大豆的保暖和加温，以及改变大豆收集时候的干度。

厂领导采纳了李川江的建议，并快速地将这些建议用到了生产中去。

经过各方面的努力，李川江的愿望实现了，他以每50公斤大豆出油6.35公斤的新纪录，向当年的五一国际劳动节献了厚礼。

1951年，全国掀起了生产劳动竞赛和增产节约运动的热潮。李川江积极响应，带头挖掘生产潜力，找出了杠子短、筛子小、火炕小3种影响出油率进一步提高的原因。他们将 7 尺杠子换成 9 尺的，将 1 平方米的小筛子改为 3 平方米的大筛子，将小炕改为比原有面积扩大一倍的大炕。他又总结出"铺炕快、翻炕快、下炕快"的"三快"操作法，从而使出油率突破了 6.5 斤大关。

1952 年 3 月，李川江的大豆出油率达到 6.915 公斤，创造了全国最高纪录。接着，他的大豆出油率又突破了 7 公斤大关。

"李川江大豆榨油操作法"引起了党和政府的重视，在全国进行了推广。

同年，李川江被邀请到北京，参加了五一国际劳动节观礼，并见到了毛泽东、朱德等国家领导人。

1954 年，在全国油脂工业第一次技术交流会上，有关部门向全国推广了"李川江榨油法"，命名李川江为"全国油脂工业的红旗"，向他颁发了金质奖章。

8 月，李川江在吉林省第一届人民代表大会上被选为全国人大代表。

这一年，全国许多油厂推广了李川江的榨油法，先后有 29 个油厂创造了出油率新纪录。

李川江总是虚心学习别人的优点和长处来弥补自己的不足。他先后带领技术工人外出 17 次，学习了兄弟厂的"分蒸合装"等 9 种先进经验，使他们厂的出油率不断提高。

李川江的大豆榨油法是在陈旧、落后的设备条件下创造的。这种榨油法虽然使每 50 公斤大豆的出油量增加了一倍，但是由于设备陈旧，处理量小，回收率低，劳动强度大，仍然无法满足油脂工业发展的要求。因此，李川江建议改进设备，实现浸出机械化生产。

他的建议受到职工们和工厂领导人的重视。于是，工厂提出口号：

苦战一两年，抛开大油杠。

一场群众性改造笨重设备的技术革新活动在李川江所在的工厂开始了。他们经过一年多的艰苦努力，在兄弟厂的协助下，终于制造成了一套机械榨油设备。1959年7月1日党的生日时，这套设备正式投产。

新设备使榨油工序的工人由102人减少到36人，50公斤大豆出油达到8.2公斤，油的质量也达到了一级油的标准。

在这段时间里，由于对油脂工业的贡献，1956年，他光荣地出席了全国轻工业先进生产者代表会议和全国先进生产者代表会议，被评为全国轻工业先进生产者和全国先进生产者。

李川江先后当选为市人大代表、省人大代表，第一届、第二届全国人大代表和中国共产党第八次全国代表大会代表。他被轻工业部聘请为轻工业部技术研究委员会委员，被中国科学院吉林省分院聘为分院的学术委员。

1959年，李川江代表他的车间再次光荣地出席了全国群英会。

三、 农业战线行动

● 李顺达鼓励大家："星星之火，可以燎原。
　能活一棵，就不愁一坡。"

● 局长对马永顺说："老马，我们的任务很重
　啊！大家得多生产木材，支援解放战争。"

● 伍东带着急地说："不，我不能眼看着它们
　这样一天天地瘦下去……"

山西农村开展丰产竞赛

1951 年 3 月，山西太行山区西沟村著名劳动模范李顺达从北京开完政协会议回到家乡，立即代表西沟村互助组向全国各地互助组发起了开展爱国丰产竞赛运动的倡议。

倡议提出：为了确保朝鲜前线的粮棉供应，支援国家建设，努力提高粮食产量，西沟村互助组向全国各地互助组发起开展爱国丰产竞赛运动。

他们在倡议中率先提出了改革农业技术，使用新式农具和发展农副业的生产竞赛计划：

每亩生产粮食 378 斤，比上一年增长 21 斤。为了达到这个目标，在耕作上要做到耕三、耱三、肥三、锄三，并在全组半数的耕地上使用单把犁、解放式耘犁锄、喷雾器等新式农具。

……

同时，他们在倡议书中还增加了加强爱国主义教育、提高政治思想觉悟，以及调动农民生产积极性、创造性的新内容。

他们的这项倡议既响应了全国农业会议关于开展全

国性爱国生产运动的号召,又非常符合当时全国农村土改后开展互助合作、恢复发展生产和支援抗美援朝战争的迫切需要。

为了推动这一运动的深入开展,满足全国各地响应倡议单位的需要,新华社派出长驻平顺县西沟村蹲点采访的记者连续报道了《李顺达互助组介绍》《李顺达互助组春耕播种记》《李顺达互助组的主要领导经验》《平顺县怎样推广李顺达互助组的先进经验》。《山西日报》发了题为《李顺达是劳动模范,又是爱国模范》的社论。

上述这些新闻通讯和社论记述了他们发出爱国丰产倡议后,冒着早春山野的寒风,你追我赶、互相鼓励、不甘落后,打响春播第一炮的繁忙景象;不定期介绍了李顺达互助组在等价互利的个体经济基础上,实行劳武结合集体劳动的办法,使被称为"金木水火土俱缺"的穷山沟变为富裕村的成就和经验极大地激发了全国各地农民的种粮积极性。

李顺达,1915年出生在河南省林县东山底村一户穷人家,15岁就担着两卷铺盖、锅碗,随着母亲郭玉芝携带弟妹,举家逃荒到太行山中的平顺县西沟村谋生。

西沟是太行山脊背上的一个小山村,四周都是山,石厚土薄,水贵如油,历来被称为是"金木水火土五行俱缺"的不毛之地。1943年2月,为了克服因日军"扫荡"和自然灾害带来的困难,李顺达响应党中央"组织起来,发展生产"的号召,联络了宋金山、路文全等6

户农民，在全国较早地建立起农业劳动互助组。

李顺达成立的互助组采取了劳武结合，即田间劳动和对敌斗争相结合的办法，不仅发展了生产，渡过灾荒，而且使参军、参战和支援前线，都不耽误。

当时，李顺达组织民兵参战队，先后参加了解放山西长治县和豫北汤阴县等10多次战斗。1944年10月，在平顺县召开的劳动模范杀敌英雄会上，他被评为头等劳动模范和支前模范。

同年11月，在太行区第一届杀敌英雄劳动模范大会上，他被评为一等劳动英雄，大会奖给他大犍牛奖章一枚。

1946年，西沟村经过土地改革，废除了封建土地制度，在李顺达的领导下，制订了五年经济恢复发展计划，推动了全村农业生产的发展。

同年12月，在长治县召开的太行区第二届杀敌英雄劳动模范大会上，他再次被评为一等劳动英雄。

李顺达积极响应根据地政府的号召，提出"山区要想富，发展农林牧"的主张。在治理穷山恶水的持久战中抓住了治山这个根本，向穷山恶水开战。

他带领互助组员在山上种山桃、山杏、核桃，在山沟里栽杨柳树。仅一年时间里，互助组就为集体发展经济林110多亩，为以后西沟林业大发展开辟了道路。

1949年，李顺达应邀到天津参加城乡物资交流会，第一次见到了毛泽东。

1950 年，李顺达到北京参加全国工农兵劳动英雄代表大会，被选进主席团，和毛泽东坐在一起。毛泽东殷切地嘱咐他要"好好建设山区、绿化山区"，这句话成了李顺达终生奋斗的动力。

1951 年，李顺达应邀到北京列席中国人民政治协商会议，参加国庆宴会，毛泽东再次鼓励他好好地建设山区。毛泽东的多次告诫，坚定了李顺达在山区艰苦创业的信念。

同年 3 月，李顺达领导西沟村互助组，响应全国农业工作会议开展全国性的爱国生产运动的号召，向全国各地互助组发起了开展爱国丰产竞赛运动的倡议。

上述这些消息和全国各地逐步开始响应倡议的消息，经过新华社播发，被《人民日报》等许多报纸、广播电台采用后，从长城内外到大江南北寄来的响应信和应战书，像片片雪花飞到了西沟村。

一个月内，河北、黑龙江、陕西、湖北、贵州、内蒙古等20多个省、市、自治区，就有1618位劳动模范和1938个互助组响应李顺达互助组的倡议。

这些互助组在夏季爱国丰产计划完成后，又掀起了秋季爱国主义生产竞赛。这一年，各地每亩的粮食产量一般都比上年增加了 20％到 30％，为我国的农业增产节约作出了重大的贡献。

同一年，中共长治地委召开全区互助代表会议，研究在全区内试办初级农业生产合作社。

会上，李顺达积极要求带领西沟村互助组社员试办。可是，长治地委考虑到西沟村知名度高，影响大，加之他们正在和全国响应的互助组竞赛，怕他们因试办初级社而分心，便没有批准西沟村试办。

尽管如此，李顺达并没有因为长治地委未批准试办初级社而悲观，反而开始积极创造办社条件。

这一年12月，他在做好充分准备的基础上，组织26户农民，在西沟村办起了初级农业生产合作社，定名为"西沟农林牧生产合作社"。大伙选他当社长，推举同村党总支副书记申纪兰为副社长，并民主制定了初级社的章程。

李顺达为了把合作社办好，打响爱国丰产第一炮，带领社员们做了一系列艰苦细致的工作。

首先，他把在同年领导创办农业生产合作社的邻村村主任郭玉恩请到本村，召开社员群众会议，请郭玉恩介绍试办初级农业生产合作社的经验。

然后，李顺达又把毛泽东接见自己时的指示讲了一遍，反复向大家强调，合作社既然办起来，就要办好。

此后，李顺达主要抓了两项生产：一是把南井凹的地作为亩产千斤的高额丰产田，增施肥料，推广新式农具，引进优种等，以此为样板，实现大面积高额丰产；二是带领群众上山进行荒山播种，证明西沟这座石头山也能长树。

同时，李顺达充分挖掘劳动力潜力，支持副社长申纪兰带领妇女参加田间劳动，同男人开展竞赛，实现同工同酬。

1952年春，刚成立的合作社就在李顺达、申纪兰的带领下打响了荒山植树的战斗。但因缺乏经验，山坡上栽种的300亩树木，存活的很少。人们的心情跌到谷底，李顺达和申纪兰面对的是村民的失望和埋怨。

老百姓说，这地方不能种树，要能种得神仙来。

面对压力，李顺达异常镇定，带着人们到山上实地考察。最后，这位不服输的农民用了毛泽东的一句话鼓励大家："星星之火，可以燎原。能活一棵，就不愁一坡。"

然后，他们到本县羊井底村取经，向林业劳动模范请教，还请专家帮助搞规划，开始了绿化荒山的持久战。

男人由李顺达带着进沟筑坝，妇女则由申纪兰带领上山种树，其中不乏七八十岁的老人。那时许多女人都是小脚，妇女们半跪在山坡上，拿镐头在坚硬的山石上先刨出脸盆大的坑，再用指尖或镐尖把土一点儿点儿抠出来培进坑里，然后再种上树籽。

李顺达、申纪兰带领干部、社员肩扛扁担挑，怀揣窝头到几十里外的杏城和花园山带回了嫁接母本的小楸树苗在老西沟栽种。

同时，他们从山东和东北地区引进果树苗在乱石河滩上挖石垫土种果树。

为了解决林木种苗问题，西沟人采用自采自育的方法，每年秋季社员上山采集洋槐、松子、山桃等籽种；

冬春发动社员修剪树木，从自生根系的杨、柳等树上剪枝繁育；对于苹果、梨等水果树，则上山刨挖秋海棠、杜梨等野生树种，种植后嫁接。

这样年年采集，年年繁育，蔓延生枝，以少繁多，基本解决了种子和苗木问题。

针对阳坡阴坡的差别，他们因地制宜，先在易成活的阴坡背坡封山造林；而阳坡绿化一般都要移植，不能直播，他们就用碎石人工垒起蓄水蓄土坑，从别处担上土，培在坑里。同时，他们发动社员栽植杨、柳、槐、榆等树，并且种植了大量的核桃树。

他们在带领群众造林的同时，把护林和造林放在了同等重要的位置。每一片荒山播种后，都用石头垒上相间一定距离的石擺，再抹上石灰，明确标示为禁坡。

随着集体经济的壮大，为加速荒山绿化步伐，西沟除坚持自采自育外，每年拿出资金购买油松籽、果树苗和其他树种苗木，不失时机地播种栽植。为保证成活率，他们还将退耕还林的500多亩山脊薄地成片撒播树种。

经过几年的努力，西沟村的荒山秃岭全部种植了林木果树，粮食也创造了大面积高额丰产。为此，李顺达荣获农业部颁发的爱国丰产金星奖章。

1955年，毛泽东主编的《中国农村的社会主义高潮》一书中收录了《勤俭办社，建设山区》这篇介绍西沟村的文章，使李顺达和西沟的干部群众受到极大的鞭策和鼓舞。

铁力林区创造伐木新法

1950 年国庆前夜，黑龙江省铁力林业局的一名普通伐木工人，因创造"安全伐木法"和"四季锉锯法"使他所在的伐木组工效比其他组提高了 3 倍，在中南海怀仁堂受到了毛泽东的亲切接见。

马永顺是新中国的第一代伐木工人，在他的带动下，整个铁力林区掀起了热火朝天的劳动竞赛热潮。

马永顺出生在河北宝坻的一个穷人的家里，从 3 岁起就跟着母亲讨饭，年纪稍大便给地主当长工。

1933 年，20 岁的马永顺从家乡宝坻县头沟庄来到数千里之外的东北林区谋生，因为他听人说关外好讨生活。

谁知，传闻并不可靠。他在这里住的是地窖子，吃的是橡子面，而且还要受日本监工、林区把头的欺凌和压迫，一年到头流血流汗，有时还拿不到工钱。

身材魁梧的马永顺是个热心肠，爱出头替工友打抱不平，所以他吃的苦头就更多了。他的腿上还有在那个时代留下的伤疤。

1948 年，东北地区解放了，马永顺只身来到黑龙江省铁力林业局，当上了一名普通的伐木工人。

在党的教育下，他的阶级觉悟逐步提高。

有一天，马永顺从林场回来，林业局的一位局长对他说:"老马,我们的任务很重啊!大家得多生产木材,支援解放战争。"

马永顺爽快地回答说:"放心吧,为了不让过去的日子再回来,我老马命都可以豁出来!"

这一夜,马永顺想了很久,第二天便早早跑去上班,找到局长说:"我一个冬天一个人包采1000立方米的木头,我还要向北河的伐木工人搞竞赛。"

局长十分高兴,很快和工会研究,开了一个挑应战大会。在马永顺的倡议下,整个铁力林区的劳动竞赛热火朝天地开展起来。

新中国成立初期的黑龙江小兴安岭林区,作业条件十分艰苦。冬天,天寒地冻,气温经常在零下34摄氏度,西北风刮在身上,手脚冻得像猫咬似的疼痛;夏天,林子里一点儿风也没有,闷得让人透不过气来。

林区工人上山采伐,吃的是高粱米,住的是地窖子。在这样艰苦的条件下,马永顺在掀起劳动竞赛后,在一个采伐期,仅以一把斧子、一把锯轮的力量就采伐了1200立方米的木头,一个人完成了6个人的工作量,创造了全国手工作业伐木之最。

马永顺不仅是个扎实苦干的人,还是个善于琢磨技巧的人。

20世纪50年代的采伐作业,伐木工都是站着伐木头,造成树根过高。为了降低树根高度,多出木材,马永顺就先用手把树根周围的积雪扒开,一条腿跪在地上,把锯紧挨树根采伐，使伐根由过去的六七十厘米高降到10厘米以下。

马永顺的左腿受过伤，跪着采伐，伤口裂开了，疼痛万分，可他一声不响，咬牙坚持。

后来，东北林区推广了马永顺的降低伐根做法，一年就为国家增加了1400多万元的财富。

随着林业生产的发展，职工队伍不断扩大，生产事故时有发生，生产效率受到影响，不少老伐木工人都相信"山神爷"，为了能够平安，常常去"老爷府"拜祭。马永顺经常劝工友们不要相信那些，要相信自己，按照规定操作。

有一天，一位工友拜祭了山神后上山伐木，由于他违规作业，结果还是被大树砸死了。这件事给了工友们沉痛的教训，马永顺借这个机会，砸了"老爷府"里的牌位，希望大家破除迷信思想。

从这以后，马永顺边伐木边琢磨，对自己用过的"元宝槎""月牙槎""对口槎"等10多种放树方法，逐个进行试验、比较，研究出了一种"安全伐木法"。这种伐木法不但效率高，还能控制树倒的方向，保证了安全生产。

不久，马永顺根据一年四季木质的变化，摸索出了一整套春夏秋冬均可伐木的"四季锉锯法"。这两项经验很快成为全国林区四大采伐经验中的两项重要经验，在全国各林区得到了迅速推广。

为了让更多的工人掌握他的操作经验，马永顺四处传授经验。

当时，有些人不相信他的经验，说："什么经验不经验的，割大木头的就是力气活，不使劲儿大木头自个儿不会倒下来。"

有一次，马永顺到一个叫胜利伐木场的地方做技术表演，有位很有经验的老工人挑了一棵最难放的榆树，让马永顺放倒。

马永顺一看，这棵树向河心倾斜，要是用老方法放树，树一定得倒在河里；要是反了茬，可能把自己砸倒在地，说不定有生命危险。

马永顺抖了抖衣服，绕着那棵树走了一圈，观察了一番，然后对围观的人们说："同志们，我割这么大弯度的树还是头一回，成不成，不一定，请大家多帮助。"

马永顺说完，抡起大斧，先砍了树的树冠，然后搭上锯子嚓嚓地拉起来。不一会儿，只见那棵树果真按着他预先指定的方向，平稳地倒在了河岸上。顿时，观看的人们纷纷鼓起掌来。那位出难题的老工人也信服了。

马永顺不仅伐木技术好，锉锯也有高招。本所的工人找他锉锯，附近作业所也有人扛着锯来向他请教。

由于马永顺的耐心传授，他创造的"安全伐木法""四季锉锯法"不久就成了全国林区手工采伐作业的教科书。

1951 年，马永顺加入了中国共产党，他的干劲儿更足了，他多次被评为省级特等劳动模范、东北林业总局一等劳动模范、全国劳动模范。

同时，马永顺为人忠厚老实，干活儿时处处带头，工人们跟他在一起干活儿热情十分高涨，月月都超额完成国家计划。

在第一个五年计划期间，由马永顺带领的采伐小组完成了 6 年零 3 个月的工作量，节约木材、工具、工时核价 8.7 万元。

1959 年，在北京举行的全国群英会上，马永顺受到了周恩来的亲切接见。

在中南海，周恩来握着马永顺的手亲切地问："马永顺同志，你今年多大年岁呀？"

马永顺兴奋地回答："总理，我 46 岁。"

周恩来朗声笑了，说："46 岁，还是小伙子嘛，你们林业工人不但要多生产木材支援国家建设，还要多栽树，搞好绿化，实现青山常在，永续利用！"

听了总理的话，马永顺决心用自己的实际行动，为促进"青山常在"贡献力量。

从 1960 年开始，马永顺在每年春天的造林季节，每天都赶在当天的清晨上山，在正式上工前和下班后的时间植树造林。中午休息时，他也抓紧多栽几棵树。

在他的精神激励下，马永顺所在的林场至 20 世纪 70 年代初累计造林 1000 多亩，荣获"青年林""三八林""红领巾林""个体林""奉献林""老有所为林"等多种光荣称号。

畜牧行业总结喂养经验

20 世纪 50 年代中期，在广东省广州市郊区绿草如茵的田野上有一个美丽的新村，在这个新村一排排崭新而又整洁的平房前，有一个碧水荡漾的水塘和一垄垄青翠欲滴的菜圃。

水塘里长满了水叶菜、观音笋和水浮莲，那一排排新房并不全是人住的，因为有好几处都是猪舍。

每一个猪舍里都挤满了一头头胖得像大圆筒似的生猪，它们低垂着两只肥厚的大耳朵，不时地摆动着细细的尾巴，在圈里摇来摇去……

看了这一切，人们不由得会对饲养员肃然起敬，要把猪养成这个样子，不知要花多少心血啊！

这个饲养员叫伍东带，他是广州市畜牧战线的红旗工作者、优秀饲养员。

伍东带这位约莫 40 多岁的中年汉子，高大个子，脸上常常露出笑容，性格开朗，为人乐观。

他到养猪场里来喂猪时，正值国家开展增产节约运动，全国各地的劳动竞赛活动风起云涌，如火如荼。他决心在这个平凡的岗位上做出不平凡的成绩。

从来这里干活儿的第一天起，他几乎每天都是从早到晚地埋着头、躬着腰，在猪栏里忙碌着，不是给生猪喂食，就是打扫清洁，很少离开过猪栏。

这天，本轮到他休息，但因为有了一批新猪进场，他就自动取消了休息，要和别的工人一起做验收新猪的工作。

他说："我真不愿意放过这样的机会，因为经过自己的验收，对新进场生猪的情况会了解得很多，以后饲养起来也容易得多。"

饲养过生猪的人都知道，每一次新进场的生猪都不会像原来那样肯吃肯睡，这样时间一长，它们就会慢慢地消瘦下去，场里的工人将这种瘦下去的过程叫作"掉膘"，这是养猪工作的一个很大的损失。

但是，如果事前就摸熟它们的特性，并按照它的特性来饲养，使它很快习惯起来，肯吃肯睡，那么，它的"掉膘"时间就会减少，"掉膘"就会变为"长膘"，损失就变成增产了。

伍东带在每次新的生猪进场时，总是小心地把它们的产地和健康情况——地检查、研究清楚，然后分门别类地放进栏去，再常常去看它们，给它吃点儿这，又给它喂点儿那，从中试探它们的特性，好让自己能按照它们的习惯来饲养。

曾经有过这么一件事：一次场里来了一批外地生猪，已经是一连 10 多天了，它们一点儿东西也不想吃，猪一天天地瘦下去了。

怎么办呢？不少职工都感到为难，不愿意饲养这批生猪。有些职工还说："算了吧！不要再花工夫了，等它饿到不能再饿了，还能不吃？……"

"等它饿到不能再饿？"伍东带着急地说，"不，我不能眼看着它们这样一天天地瘦下去……"

他决定由自己来饲养。

起初，他按照老办法，几乎每隔一二十分钟就来看它们一次，每次都拿东西给它们吃，可是这些生猪还是像从前一样什么也不想吃。

他非常着急，到猪栏里来看的次数更多了，但是还是一点儿办法也没有。就在这个时候，他突然看见从猪棚里掉下来一根干的甘蔗苗，好几头生猪都争着去吃。

他感到有点奇怪，立刻就把这根甘蔗苗拾了起来，放在嘴里尝了一尝，虽是干巴巴的，但却还有点儿甜味。

伍东带想："甘蔗苗是一种青饲料，干了的它们也吃，那么新鲜的猪草它们吃不吃呢？我得割猪草去……"

他立刻把猪草割来，果然，许多生猪都吃了。

就这样，这批由于原来不想吃东西而一天天瘦下去的新进场的生猪，从此就吃起东西一天天地长膘了。

按照过去的老规矩，每头新进场的生猪都要经过 10 至 15 天的掉膘时间，每天掉膘 1.5 至 2.5 公斤，共损耗 15 至 25 公斤，而一个饲养场一年有一万头这样新进场的生猪，以每头减少掉膘 10 天计算，那么合起来就是减少 150 万至 250 万公斤猪肉的损失了，这是一项多么大的增产节约的收获啊。

在一个饲养场里，怎样使生猪不生病和避免生猪的死亡，也是饲养场能否增产节约的关键，同样也是饲养员的一项艰巨的工作。

在这方面，伍东带是怎样做的呢？他给猪喂食，就看看猪是喜欢先吃糟料还是先吃饮水料？猪睡了，是喜欢睡干的还是湿的？猪大便了，是拉稀的还是结硬的，呼吸急促还是迟缓？从这些现象的观察中，来掌握猪的健康情况，加以护理。

就在这些平凡的工作中，他还有过一件使人难忘的事情呢！

有一年初夏，场里突然发了一场猪瘟，许多生猪都因为患了病而发烧、拉稀和烂脚。

场里的兽医和护理员们每天都忙着给生猪打防疫针和进行各种各样的治理。伍东带看到国家的财产这样白白地受到损失，心里就好像有一把小刀在剜割着似的，隐隐作痛。

"怎么样才能把生猪的病治好呢？"他几乎每晚躺在床上的时候都这样想着，忽然他回想起当他还是小孩子的时候，隔壁的一位伯娘一次腹泻了，另一位伯娘就给她一些炒米吃，伯娘的腹泻就好了；还有一次一位伯娘的脚溃烂，另一位伯娘就弄了一些桐油涂上去，也涂好了。

也许治好伯娘她们的病是一种偶然的现象，但试用这些炒米和桐油来医治猪的腹泻和烂脚病行不行呢？

但是，他又想到场里没有炒米，桐油的价格也太高了，怎么办呢？能不能用替代品？能不能用饭焦代炒米，用白醋代替桐油呢？他反复地想着，并决定用这个办法来试一试。果然，50%以上患腹泻和烂脚病的生猪经过了这样的医治后都好了，而且后来他还创造出用榕树叶医治生猪的发烧等好几种治疗病猪的土方法，也获得了良好的效果，从而使得场里的猪瘟之风很快就被遏止了，避免了生猪的急宰和死亡的损失。

在改进饲料的制作和喂养生猪的方法上，伍东带也有不少出色的事迹。

那是一年的9月间，他刚参加了新会县和阳江县采用发酵饲料喂养生猪的现场会议回来，便立刻向党支部提出了一个试制生饲料喂养生猪的建议。

党支部采纳了他的建议，伍东带很快就把生饲料制出来了，可是除了其中有一栏生猪爱吃以外，其他的许多生猪都不喜欢吃。

"这是怎么回事呢？"他逐一把各栏生猪所吃的饲料都亲自尝了尝，才发现，原来是他在试制这些饲料时，这栏生猪爱吃的饲料里的发酵生料和熟料调拌得要均匀一些，猪食的味道酸味要好些，而那些生猪不爱吃的饲料呈发酵生料和熟料调拌得要差一些，生猪吃起来觉得没什么味道，所以就不爱吃了。

发现了这个问题后，伍东带就按照生猪爱吃的味道重新调拌了一次，这次，它们个个都吃得特别香，不一会儿就把食物吃得干干净净。伍东带又一次了解到了生猪们的"胃口"，感到非常地高兴。

没过多久，伍东带听说河南食品公司饲养场用"自动斗"盛装饲料喂养生猪，每天只要放一两次饲料在斗里，生猪整天都能自由地有足够的饲料吃，这样一来，养猪的工作效率就会提高好几倍。

伍东带想：既然有这样的好事，我们为什么不也试一试呢？于是，他又开始试着研制"自动斗"来喂养生猪了。

此时，伍东带所在的养猪场里用的饲料还是有水饲料的，这样放进自动斗里任由生猪自己取吃很容易会被踏倒，反而会造成饲料的浪费。

伍东带总结出这些经验后，就去找来场里的兽医商量，他询问兽医说："我们能否将喂猪的水饲料全部改用干饲料呢？"

兽医告诉他："其实干饲料里的营养更好，如果生猪喜欢吃，那就是最好不过的事了。"

听了兽医的话，伍东带心里明确多了，回去便立即研究起干饲料的制造方法来。

可当他兴致勃勃地把制好的干饲料弄来时，许多生猪却又不大喜欢吃。

"这到底又是怎么一回事呢？"伍东带开始寻找原因。

他依然使用自己的老办法，首先观察每一栏生猪的进食动态，接着再亲自尝试猪食的味道。在尝味的过程中，伍东带渐渐发现，原来是因为他制作的饲料味道有点儿过酸，所以生猪才不爱吃的。而造成饲料过酸的根本原因却是，他把饲料的发酵时间加长了。

伍东带根据这个原因，把过去用 5 天发酵一池饲料的时间改为了发酵一天。

结果，他这次制出的干饲料受到了生猪的欢迎。

有了生猪爱吃的干饲料后，伍东带很快把河南饲养场使用的"自动斗"投放到生猪的圈里。这么一来，既给养猪场节约了喂养生猪的人力，又使生猪在吃了干饲料后得到了高速成长。

自从进食了干饲料后，生猪的长膘率大大地提高了。原来每头每天生长 0.4 至 0.45 公斤，现在每头每天生长 0.5 公斤左右了。

伍东带就这样在饲养员这一平凡工作岗位上，通过不断钻研和辛勤劳动，为国家创造和积累了不少财富。当有人称赞他时，他总是说："这些成就是由于党的帮助和职工的支持才获得的，是属于大家的。"

农资战线开展艰苦创业活动

20 世纪 50 年代末的一个夏天，一向冷清、偏僻的陕西省大荔县卿避村，突然热闹起来。

全省 300 多名农村代表来到这里，向在艰苦的条件下土法上马办化工厂的当地青年农民何文义学习先进经验。

几年前，这个连一个化学符号都认不得的小伙子，在全国增产节约、丰产节约运动的推动下，刻苦钻研科学知识，全力攻克科学堡垒，制造和发明了各种化肥、菌肥、农药及其他化学工艺品 117 种，为农村的丰产节约运动作出了杰出的贡献。

他所领导的这个乡村工厂，现在已经能够生产硝酸钾、氨水、植物生长激素、硫铵、尿素、固氮菌、磷细菌、钾细菌、金霉素、土霉素以及赛力散、苯硫二剂、牛癣药水、百日咳药粉等产品。

当地的农民亲切地称何文义办的厂是"万全化工厂"，就是农村生产需要什么，他们就能供应什么的工厂。

他们坚持为农业服务的方针，几年来，制出各种化肥、菌肥 95 万公斤，农药 3 万公斤，还有其他多种产品。

当地的农民说，这里每一棵迎风摇摆的麦穗、每一朵含笑绽开的棉花，都曾经从这个小小的化工厂里取得过营养呢！

虽然他们取得了这样大的成绩，但是，代表们走遍他们的车间却发现，在这里，能够称得上"现代"设备的，只有几支温度表、一个新添的高压灭菌器和一个土壤速测箱。

而那些蒸馍用的笼、盛水的缸、煮饭的锅和各处搜集来的玻璃瓶子，则是他们的主要生产工具。

参观完这个工厂，代表们都发出了由衷的赞叹："真了不起！"

在这样一个地方，完成了这样大的业绩确实不是一件容易的事。

代表们不知道，他们在刚刚开始的时候的条件比现在还要艰苦。

当时，何文义和本村的何有生、何家则在戏楼底下搭起铁锅，就开始动手熬制颗粒肥料和土尿素。

其中，一个小伙子何家则刚干两天就打了退堂鼓。他说，他胃口不好，闻到臭气就反胃。

本来也是，在这样大一个大空场子上，附近连棵树也没有，三伏天的太阳当头晒着，拌大粪的气味、蒸骨头的气味、熬尿的气味熏的人头昏脑涨。

何文义说："行，你的胃不好，你去筛土好啦。"何家则念过几天初中，觉得自己有点儿文化，一面摇筛子一面叹气："这会有什么前途呢！"

何文义却拣着最苦、最脏的事情自己做。每天清早挨家挨户去倒尿盆、淘茅厕，像找金子似的四处搜寻死猫烂鼠和各种骨头。

当他挑着粪担从村中走过时，有些妇女老远就捂住鼻子，喊道："文义，你算把咱一村都臭完了！"

文义却笑嘻嘻地说："这怕什么？没有臭的能吃上香的吗？"

回到家里，老婆也嫌他脏，不让他进房子，不跟他一桌吃饭，不给他洗衣服，说："你看你，当团支书的就弄这些事呀？"

"这是上级交给的光荣任务！"

"光荣？衣服没人给你洗！"

"没人洗，我就自己洗，哪有破不开的芝麻秆。"何文义笑了笑，拿起那沾满了污渍的汗衫，跨出门，挑上粪担走了。

不久，夫妻俩又发生了第二次争吵。

那时厂里已增加到了 18 个人，乡党委要求他们突击赶制 15 万公斤土化肥，以便给秋田追肥。

这时恰好遇到省里几家工厂来招考徒工，熬肥锅旁边起了波动。何家则等人撇下这"没有前途"的地方去考大工厂了。

何文义急得油火煎心，老婆却劝他："文义，你看人家都去考大工厂了，你怎么这样傻？你又是团员，政治条件又好，要想想自己的前途呀！"

何文义说："我的前途就在这里！"

老婆生气地说："放着大工厂不进，成天担大粪，这就是你的前途？"

何文义也生了气，手指门外，斩钉截铁地喊道："我要把这个厂办到底，这个任务完不成，我哪里也不去！"

后来，村支部书记帮助做工作，才平息了这一场风波。厂子最终还是办起来了。小伙子们日夜轮班地干了起来，烟筒滚滚不停地冒着浓烟，产品像一座座小山似的堆到了场子上。

"骨头不够用了！" 15 万公斤土化肥要 1.5 万公斤骨头，哪里能找到这么多呢？派出去的人走遍了附近村庄，搜遍了深沟陡坡，带回来的骨头却一天比一天少了。

有一天，何文义从乡上开会回来，看到沟边放着一只筐，搭着半截绳子，往前一看，"可不得了了！"徐根茂吊在半崖上不知在做什么。

"根茂，你不要命啦？这三四丈高的悬崖是开玩笑的吗？"何文义着急地喊。

可是，徐根茂却高兴地喊道："你看这是什么？"原来他两只手各举着一块牛腿骨。

何文义眼里发出惊喜的光芒："骨头？还有没有？"

"多哩，就在这半崖上，里面还有呢！"

何文义顾不得再问，立刻把绳子拴到自己腰上，说："根茂，你拉住，慢慢往下放！"

徐根茂说："不行，你不是说危险吗？"

"不要多说了，把绳拽牢了。"

何文义拿着镢头溜到半崖，在崖上掏了个立脚的地方，仔细一看，果然土里埋的骨头很多。他忘记了危险，高兴地大喊："根茂，快回去叫人，可发现了宝库了！"

光这一个窖，他们就刨出3000来公斤牛、马骨头。

何文义想："村里是不是还有这样的地方呢？"

他回到村里向老年人请教。

一个姓雷的老人说："光绪年间闹牛瘟，村里的一口废井里面扔进去不少死牛！"

这伙青年人又找到那口淹没已久的土井，开始挖了起来。

刨下去一丈多深，忽然有一股臭气冲了上来，再往下刨，气味越来越浓了，油灯放下去就灭，人在里面也支持不住。

何文义又去请教那位姓雷的老人，老人说："井埋了多年，那些臭气走不出来！你们这么办……"

老人叫何文义寻一只筐，筐上拴一段绳，一上一下在井里摆动，说："这样阴气就流动开了！"

他们照这办法弄起来，果然有效，灯能点着了，人能下去了，在这个井底下，又挖出来1500多公斤骨头。

有一次，何文义跟着县里组织的参观团到西安、太原、石家庄等地去参观了一趟，亲眼看到各地增产节约所取得的成绩，使他受到很大的激励。

何文义从别处学回来"砖面培养"制造细菌的办法，

农业战线行动

开始在厂里制造"自生固氮菌"。不过这只是一种土办法，产量不高，质量也不够好。

何文义听说大荔农校在用"洋法"生产细菌肥料，立刻蹬上自行车跑去了。

"欢迎欢迎!"负责指导菌肥厂的王老师口里这样说，两眼却不住地打量这个土里土气的青年人。

"学习制菌要有几个条件，一个是高中文化程度，最低也要初中毕业……"

他听说何文义只念过半年高小，便连连摇头说："你回去吧，再换个人来。搞细菌不简单，弄不好有危险哩!"

何文义要求王老师简单地介绍一下，王老师很不耐烦地说："我问你，你有细菌概念吗?"

他顺手在纸上画了一串化学符号："这些你能看懂吗?"

何文义愣在那里，他的确看不懂。王老师转身去上课了。

"不能回去，制造细菌肥料这是上级交给我的任务!"何文义打了打身上的灰尘，在教室门口蹲了下来。

王老师下了课，惊奇地看到何文义仍旧站在教室门口。

"王老师，能不能叫我进去看一下?"何文义指着制菌室的门说。

"不行!"王老师皱着眉头说，"这里是不能随便进去的，因为一般人身上都带有杂菌，带进去就会影响细菌成分。这里面有电温箱、电冰箱、高压灭菌器，还有灭菌用的紫外线灯……光这套设备就要一万多块钱，何况目前缺货，有钱也买不到。"

"有什么土办法能代替吗？"

"这，我们还没有研究！"

何文义一把抓住王老师的衣服，着急地问："能不能请你打开窗帘，我从外面看一看？"

"不行，细菌怕阳光！"

王老师拒绝了这个请求，走了。何文义一个人站在那里，面对着小小的制菌室，看着那遮得严严实实的窗帘，牙齿咬得格嘣嘣响："细菌啊细菌，你就有这么神秘？你就有这么难？王老师啊王老师，你就不肯把门打开一个缝吗？"

回到乡党委，何文义找到党委书记说："人家说至少要初中毕业的程度才能学习制菌……"

党委书记给这个满头冒汗的小伙子倒了一杯水，说："有个王保京，你知道不知道？"

"王保京我怎么不知道，我们还一块开过会呢！"

"王保京有多高的文化程度？"

"对，我还要去！"何文义推开茶杯站起来，"哪有破不开的芝麻秆！"

"等一等！"党委书记叫住了他，"党委给你们写一封介绍信……"

第二天，何文义拿着介绍信，带着另外 3 个青年，来到大荔农校党委办公室。

党委负责同志热情地接待了他们，亲自把他们带到王老师那里，说："一定要负责把他们教会，他们要学什么就教给他们什么！"

王老师看到何文义又来了，这个青年的顽强精神让他很感动。

在学校住了 3 天，从接种到固体培养、液体培养、灭菌、菌液拌和他们都学会了。

何文义心里高兴地说："这也没有多难哪！"他一边学，一边考虑着"以土代洋"的问题。

"我们回去，没有温箱，能不能用别的代替？"何文义向一位姓李的同学请教。

"不要紧，有热炕也可以，只要能保持 25 摄氏度到 30 摄氏度的温度就行！"

"我们也没有这样的无菌室呀！"跟何文义同来的女副厂长蒙如月发愁地说。

何文义说："弄一间房子，把它好好糊一下，再用六六六和硫黄熏一熏，不知道行不行？"

"行！"那位姓李的同学说，"只要能消除杂菌，能保住温度，固氮菌培养并不太难。有什么问题，你们以后可以随时来找我们！"

他们回到卿避村，恰好给北京菌肥厂和苏州菌肥厂写信要的材料都寄来了，这就更增加了他们的信心，都纷纷说："你看，几千里外都伸出手来支援咱们呢！"

过了10多天，何文义又来到大荔农校，手里拿着一支玻璃管，笑嘻嘻地说："王老师，我们从西安买回来一些菌种，请你化验一下看行不行？"

王老师接在手里，看了看，放在显微镜底下观察了半天，又做了抗强力的试验，点头说："菌种很好。"

何文义忍不住要笑，问："比学校造出来得怎样？"

"差不多，质量还不错！"

"谢谢你，王老师！"何文义一出门就哈哈大笑起来。

过了不久，县科学普及协会打来电话："喂，是王老师吗？何文义他们培养出来的固氮菌……你化验过了？"

"什么？是他们培养出来的？"王老师吃惊地问。送话器里传来何文义的声音："王老师，实在对不起你，请你不要生气……"

王老师这时觉得又惭愧，又高兴，又惊奇。下了课他就骑上自行车朝卿避村跑去。

那时候，何文义他们是"地下工厂"——因为没有地方，他们收拾了几户人家存放糠秕的地下烂窑，自己又在崖半腰打了几孔小窑洞。

王老师找了很久才找到，拨开荆棘杂草，找到了"车间"。一伙青年人正在雾腾腾的蒸汽里，蒸瓶子的蒸瓶子，接种的接种，拌菌的拌菌，有说有笑，十分热闹。

何文义领着王老师参观了各个"车间"，也看了他们制出的第一批成品。

113

青年人的这种干劲儿、这种创造精神，深深地感动了这位教师。

他们的温箱是一只竖柜，里面点了盏煤油灯，外面包着两层棉被。他们的灭菌器就是蒸馍笼，土豆水代替了洋菜液，冷窑洞代替了冰箱。没有白金接种环，他们就在竹筷上绑了个铁丝圈；没有接种管，他们就跟卫生所要来些盛葡萄糖的针管……

王老师暗自点头佩服："真是海水不可斗量啊！"

他答应留下来，帮助他们解决操作上的一些问题。

一批批的细菌肥料不断从这个"地下工厂"运出去。

1958年，大荔县有4万亩小麦施用了他们制造的固氮菌。

但是，接下来，何文义他们又遇到了重重困难：

由于不懂得化学符号，有一次他们寄了一些水到西安去化验，可是寄回来的化验单，谁也看不懂，只好跑几十里路到城里请人看。

由于不知道硝酸钾就是土硝，硫酸钙就是石膏，硫酸亚铁就是青矾……有时手头有这种原料，却还要派人出去买。

至于看不懂化学上的分子式、分子量，不会计算等，都给工作带来了极大的困难……

何文义有一个笔记本，上面画满了圈圈、叉叉、杠杠和他自己"制造"的各种"符号"，可有时把这些配料单拿出来时连他自己也看不懂了。

"哪有破不开的芝麻秆!"何文义爱说这么一句话。他就是用这样的精神,战胜困难,夺取胜利的。

不久,这个平日不肯枉花一分钱、进了城连一碗凉粉也舍不得吃的青年成了新华书店的常客,他如饥似渴地攻读着化学、物理、肥料讲义、算术、中药学、兽医手册……

他的胳膊上、手背上常常写满了各种符号和别人不认识的字。

他学会一点儿,马上就去试验,去应用。"即学即用"是他学习的一大特色。

有时,他为了研究一种东西,就把行李搬到阴湿的窑洞里,十天半月住在里面。

有时,他带上几个馍,整天到野外跑,一会儿下到沟底,一会儿爬上山坡,仔细观察着各种土壤和野生植物。

有时,他想什么想呆了,呆呆地走在路上,别人招呼他,他也听不见。

有时,他整夜整夜地看书,记笔记。想睡了,他就趴在小桌上打个盹,额前的头发被烧卷了,同志们开玩笑叫他"烫发头",他自己却不知道。

开始有些人看不惯这些行为,管他叫"胡成精""熬干油"。

可是,后来一件件的事实封住了他们的嘴。

何文义的发明创造取得了显著的效果。乡亲们亲切地叫他"百宝箱",地里要肥料找他,庄稼起了虫找他,牛长了癣找他,甚至小娃害了病也找他。

农活正忙时,牛起了癣,传染得很厉害,有些牛很快就瘦了下来。饲养员来找何文义,他造出了一种"牛癣药水"。这种药水效果很好,不但能治愈癣疥,还能使掉了毛的地方照旧长出毛来。全公社 400 多头害癣的牛都用这种药水治好了。

小麦条锈病严重时,生产队长发愁地说:"文义,你有什么办法吗?"

"好,我来研究研究。"

后来,他创造出一种命名为"苯硫二剂"的药,这种药品洒到麦田里,一方面可以杀死病菌,另一方面还有追肥的作用。

村里的孩子们害起了百日咳,何文义记起某一本书里说鸡苦胆可以治百日咳,便弄来了一些鸡苦胆,用各种方法加以处理,最后提炼出一种药剂。

"究竟有没有效用呢?"恰好他自己也在害咳嗽,他就挖了一匙吃了下去。这一下可坏了,他又拉又吐,像中了毒一样。这时正值深夜,周围一个人也没有。

第二天清早,人们发现他僵僵地倒在窑洞门口。

大家把他抬回家里。党支部书记听到消息,马上陪着医生来了。

何文义刚睁开眼,就说:"派人……把药拿……到卫生院……"

经过抢救，何文义脱离了危险。

这时，卫生院写来一封信，说："鸡苦胆素"对百日咳有效，可以使用，至于发生"中毒"的情形，是因为吃得太多了……

何文义躺在炕上读了这封信，脸上露出了笑容。

村里 12 个害百日咳的孩子都用这种药治好了，消息传了出去，几十里外的人都跑来寻药，半夜里还有人来敲"化工厂"的大门呢！

在研究试验过程中，何文义不止一次中毒、昏倒、害病。可是他怕大家替他担心，总是尽量隐瞒着。

上级领导见了面总是说他："文义呀，看你气色不好，又害病了吗？要当心身体啊！"

何文义只是笑笑，说："没什么，我好着哩。"

他心里暗自说："研究科学和打仗一样，还能碰不着一点儿困难！多少大科学家为事业献出了生命，我难道能够害怕艰难困苦和疲劳吗？"

1960 年春天的一个夜晚，夜已经深了，何文义仍旧在煤油灯下，在那一堆瓶瓶罐罐中忙碌着。

他不知道，就在这时候，县委书记和县委委员们正在听取关于何文义和他领导的化工厂的报告。人们点着头，交换着意见。

县委指出：何文义艰苦钻研，大胆创造的精神和这个化工厂的创业道路、生产方向是有典型意义的，县委应该全力支持。

不久，厂里增加了人，解决了房子，建起了化肥车间、细菌车间、农药车间……

大荔县委书记师道铎同志来看他们，给了他们许多鼓励。

省、县团委也在这里召开现场会议，大荔县青年中间，展开了一个学何文义、赶何文义、超何文义的运动。何文义开创的艰苦奋斗、勤俭节约之花迅速开遍了祖国的大江南北。

本书主要参考资料

《国史全鉴》 本书编委会编 团结出版社

《共和国五十年珍贵档案》 中央档案馆编 中国档案
　　出版社

《中华人民共和国史编年》 当代中国研究所编 当代
　　中国出版社

《中国现代史资料选辑》 彭明主编 中国人民大学出
　　版社

《光辉的榜样》 本书编写组 中国文史出版社

《陈云文集》 中共中央文献研究室 中央文献出版社

《荒原上的足迹》 李眉主编 北京师范学院出版社

《青年英雄的故事》 中国青年出版编 中国青年出
　　版社

《青年的榜样》 中国青年出版社编 中国青年出版社

《光辉的榜样》 光辉的榜样编写组编 中国文史出
　　版社

《中国职工劳模列传》 高明岐 黄耀道编著 工人出
　　版社

《青年英雄谱》 共青团辽宁省委员会宣传部编 辽宁
　　人民出版社